我走过一条隐秘的小径

远 人◎著

浙江工商大学出版社
ZHEJIANG GONGSHANG UNIVERSITY PRESS

图书在版编目(CIP)数据

我走过一条隐秘的小径 / 远人著. — 杭州：浙江工商大学出版社，2018.9
ISBN 978-7-5178-2896-9

Ⅰ. ①我… Ⅱ. ①远… Ⅲ. ①诗集-中国-当代
Ⅳ. ①I227

中国版本图书馆CIP数据核字(2018)第180286号

我走过一条隐秘的小径

远　人　著

责任编辑　唐　红　李相玲
封面设计　小　虫　林朦朦
责任印制　包建辉
出版发行　浙江工商大学出版社
　　　　　（杭州市教工路198号　邮政编码310012）
　　　　　（E-mail：zjgsupress@163.com）
　　　　　（网址：http://www.zjgsupress.com）
　　　　　电话：0571-88904980，88831806（传真）
排　　版　杭州彩地电脑图文有限公司
印　　刷　杭州恒力通印务有限公司
开　　本　880mm×1230mm　1/32
印　　张　8
字　　数　186千
版 印 次　2018年9月第1版　2018年9月第1次印刷
书　　号　ISBN 978-7-5178-2896-9
定　　价　35.80元

总　序

　　新世纪已经走过了将近20个年头，相较于20世纪80年代和90年代的写作，汉语诗歌取得了稳固的进步。没有了80年代为强化诗歌的主体性与意识形态的激烈对峙，没有了90年代对语言与社会关系无止无休的辨析，新世纪的诗歌发展平稳而信心十足。经过了近40年的洗礼，诗人们普遍开始以平和的心态和深入的体悟，来面对时代的风云变幻。可以说，诗人们经过了朦胧诗和第三代诗歌对个体主体性的确立所付出的艰辛努力，经过了90年代个人化写作所积累的经验和想象力，写作技艺已日臻成熟，而新世纪最初10年的网络书写所开启的无中心性、无权威性的民主状态，再次使得诗歌回到其本然的起点——从个体生命的感知出发，面对对象，尽情展开，不拘一格，汉语诗歌的格局已经有了新的气象。

　　从新时期开始，为了确立自我的主体性，汉语诗歌曾经经历了一段异常艰难的时期。作为对现代性的某种抵抗和否定，现代主义诗歌尽管对辨识现代否定性的意识形态有所帮助，但并未在匡正后者方面取得成功，因为现代信仰体系及其概念已然能够对所有挑战它的行为进行过滤、塑造和转向了。在思想启蒙语境下高扬自我的朦胧诗的主体性便束缚于这种反对立场，无法实现本原性的展开，而主体性恰恰需要以其所对立的对象来定义和界定。其后的第三代诗歌及90年代中前期的个人化写作，再次采取反叛的姿态，对朦胧诗的代言式主体进行解构，试图恢复到日常生活的平面化上来，诉诸人的本能与下意识，解构、欲望和狂欢成为新的关键词，以消解意识形态对潜意识的符号化，可是事实证明，这同时带来的必然是批判精神的丧失。

然而，在这种精神自觉的向度趋于式微的情况下，少数重要诗人却在其对写作的先行探索中展开了自己对主体性的特别理解，既不同于朦胧诗以一种意识形态抵抗国家美学的主体性，又不同于其后普遍对狂欢化欲望书写的过度依赖，他们已经开始从单纯的解构走向建构。他们更重视此刻此地，能够从日常经验中发现事物的神秘性，他们更超越、更从容地对待过去，从而能与当下的生活没有阻隔地融合，而获得一种单纯的使偶然完美的能力。就他们而言，对于来自翻译的现代主义和后现代主义技巧的遍历策略与实验，已不是他们之所需，传统与个人经验、词语与物、审美愉悦与道德承担、个人生活与公共世界之间的张力，已不再成为问题和阻碍，而是深入更广大的历史与精神空间的途径。尤其难能可贵的是，在将幻觉的启示、超验或抽象的动力注入经验的结构之时，诗人们往往对统一和总体化怀有清醒的自我意识，一种自我质疑的气质抵抗着从可见向不可见的过渡升华，而这样的自我意识，不但是文学，也是人格成熟的重要标志。对语言的社会力量和自我的建构性的重视，使得诗歌超出了以往简单的个人经验的塑造，从此，汉语诗歌开始真正走向建设性的成熟。

诗学理念的最高体现就在于诗歌文本本身，这也是本文库冠以"诗与诗学"之名的一个起因，同时也保留了某种开放性与可拓展性。文库集中收录沉潜于文本建设、秉承独立美学立场、精神取向高洁、人本与文本高度统一的优秀诗人的个人诗集和诗评家的诗学专著，凸显诗人们的综合实力与造诣，树立沉凝、高雅、大气的艺术形象。

马永波

诗歌是一种表达（自序）

大约是前年，我参加一个文学活动。做会议发言的是某省文联主席。以小说创作为主的该主席在发言中有句话让我惊讶不已。他说："一个过了四十岁的中年人还写诗，那岂不荒谬？"他的意思很明显，诗歌只是青春期的产物，当人到中年，对世界的表达就应该是其他的文体。从他个人出发，表达的文体理所当然应是小说。

用小说表达对世界的认识固然相宜，这句话的问题是，诗歌是否就不能进行认识上的表达？或者说，诗歌难道是一个从不写诗的人所以为的那样，仅仅是抒情的产物吗？就汉语诗歌来说，从《诗经》开始，就有"诗言志"的萌芽；西晋陆机提出过"诗缘情"一说。在诗歌发展中，"言志"也好，"缘情"也好，都不过是我们先人对诗歌的功能认识。这一认识在很大程度上也导致不少写作者对诗歌的理解存在局限。当然不能否认，绝大多数诗人在走上诗歌写作之路时，多半是缘于抒情的冲动。就本质而言，诗歌当然离不开抒情，但抒情并非是诗歌唯一的目的。诗歌走到现在，其功能的扩大实际上在促使诗歌从抒情中游离，走向更为广阔的领域。这一领域被狄尔泰称为经验。对喜读西方诗歌的诗人和读者来说，更为熟悉的是里尔克提出的"经验"一说。如果我们愿意审视这一说法，会发现这些西方大家在历经几个世纪的诗歌发展中，已经将诗歌的抒情功能不断延伸。延伸的方向恰恰就是他们不断告诫的经验领域。

因此，经验在现代诗歌中变得重要，也恰恰是诗歌本身在不断发展的一个证明。

如果我们能够理解经验，问题就变得简单了。诗歌仅仅抒情吗？答案是，诗歌离不开抒情，但现代诗歌的抒情不再是某些人武断地认为是抒发个人的细微感受。真正的诗歌必然携带诗人对人生的诸多感悟。这些感悟可以用抒情做载体，又不仅仅依赖抒情，更多的是将个人对人生及生活的认识进行一种表达。这一表达将给诗人和读者带来属于生命本身的领悟。换言之，诗歌在走向它的成熟之时，就已经——也应当是一种表达手段。它的内核是在审美与创作之间，如何搁置下写作者对世界与人生的认识。

认识世界与认识人生，没有谁可以一蹴而就。就认识而言，本身就意味着经验的累积。庞德曾说"准确的陈述是写作的第一要素"。如果没有经验支撑，要做到"准确"，几乎是不可能之事。因为"准确"的前提是作者的胸有成竹。因此，对今天的诗歌来说，其难度就体现在诗人如何从人生的经验中汲取能唤起他人共鸣的认识。这种认识可以和抒情有关，不一定必然有关。从古往今来的一些大诗人的作品来看，他们的诗歌不乏抒情，更多的却是借助抒情外表，进行自己对生活的认识表达。这些表达稳健、老辣，让人能体会诗行中沉甸甸的生活分量。或许，这才是诗歌之所以是诗歌，之所以令人对诗歌产生敬畏的原因之一。

对诗歌没有敬畏，也就无法去真正地理解诗歌，更无法理解诗歌的难度所在。在今天，说诗歌要有难度已经是老生常谈了。老生常谈的问题始终有人在谈，原因就在于不是每个进行分行写作的人都能认识难度和理解难度。说到底，不是每个分行写作的人都能真正地认识诗歌。就写作行为来说，同样是经验的累积，也不是每个写作者都能理解什么是写作所要求的经验。这种经验是语言与感受的结合，是生活与写作本身的结合，是个人经过磨炼而依然敏感的内在与外物的结合，等等。这些因结合而产生的诗歌，其产生的重量将超越完成诗歌的语言本身。

　　记得在上世纪九十年代，作为一个概念，"中年写作"在诗歌界风靡一时。我没去研究该概念蕴含的种种内涵。当时间流逝到今天，我能够体味到的是，人到中年仍在写作诗歌的人，非但不"荒谬"，其作品往往带给我们更有力的冲击，就因为那些来自经验的表达，还能震动我们不再年轻的内心。

远　人

2016年6月21日于深圳

目　录

第一辑　最好的旅途

第二辑 寂静的抚摸

第一辑

最好的旅途

一个阳光明媚的下午

儿子开始胆怯地学步
我弯腰扶着他，如一个鞠躬
向这个新生的、笨拙的、眼睛里没有
悲哀的世界，报以全部的和解

他的头发弄痒我的鼻腔，喷嚏如此美好

1999年1月8日

没尾巴的那只跑得最快

儿子跟着电视学唱：
"两只老虎、两只老虎，
跑得快、跑得快，
一只没有耳朵、一只没有尾巴，
真奇怪、真奇怪。"

我从阅读里抬起头来，
对这些歌词
确实感到奇怪。
儿子却好像懂了
唱得特别卖力。

一个上午我琢磨着它：
什么意义也没有。
我不知道
是什么重要的东西，
一直在支撑
穿过它的最终定义。
儿子却好像知道
一个劲地蹬着地板，
我觉得好笑却没有笑出来。

有某种东西
肯定是在血里融合的。
我不理解大概是没有找到。
同样地，它使我
从阅读里抬起头来，
是突然间发出了怎样的信号。

我问儿子："哪只跑得快呢？"
儿子说："没尾巴的那只。"
口气肯定得不假思索，
大概他是真的懂了。

2001年2月6日夜

我喜欢漫长的阅读

我喜欢漫长的阅读，在无数个日子，
我一声不响，削弱一本厚厚的书。

一个漫长的故事，它将完成
一次粗野的考验。它的力，将深入

河流、天空、宇宙，乃至上帝，
而我，将在漫长里来到我的尽头。

2011年11月28日夜

那 里

那里有一座亭子
太阳落下去的时候
它的影子会变得细长
从石头椅子上爬过去
那里有一些很白的花
在覆盖着矮草的小坡上
像一些很小的玩具
我在那里走过去时
会一下子慢下脚步

那里，还有一些小路
交叉着穿过寂静
好像在很久以后
我还会一直在那里站着
等那些石椅上的每个凹处
注满流出来的月光
但我不坐下来休息
我要远远地看你走来
就像现在，我看着风在身边
远远地朝某个地方吹去

2009年2月10日夜

一无所思的长途旅行

1

在那个位置上，我的目的
变得抽象。从早上8:15开始
延续到下午2:20，在一个
沉着的速度里，我感到
没有任何东西，需要一个人
（譬如我）去艰难地忍受

2

一个名人过世的消息出现在
报纸第8版的左上角
很快，翻过去的报纸
第二次把他埋葬
我没有看到那张阅读的脸
他坐在我前面，他是不是
比我更进一步，只是阅读
但不介入以前的生活

我奇怪以前
为什么喜欢现在感到厌烦的废话
在司机旁边，充当导游的女孩
用带京腔的口音介绍运行情况
她告诉我们她叫肖琳——肖琳？
我觉得那是一个非常好听的名字

3

他们为什么如此快乐？在一盘
旋转的录像带里，两个
隐藏年龄的人，表演他们的
花样年华。尘土在外面
蒙蔽着透明的玻璃，中午
如此宁静，后座上的鼾声
像一页撕开的纸，我低下头发现
车到站时，我的皮鞋该擦了

4

还有空着的位子，但没有
旅客，我的午餐

搁置在旁边的空位子上
蓝色的椅布将它绷紧
我不知道那要花费多大的力气
这和我无关联的一切
我已不再关心，我现在想做到的
是学习怎样在生活中平静
像眼前这幅窗帘，没有风把它干扰

5

我同意，这世界上的所有
都已就位，此刻
这辆大巴第九排十八号座位
就是我的位置。趴在玻璃外面的
苍蝇，它为什么不飞？
它有翅膀，但两只
都很愚蠢。我的手
在旅行袋里摸到一盒香烟
没有人会同意我把它点燃

6

我还是喜欢瞬间，视角里的变化
接二连三地出现
筑路的工人，黄色岩层上
站着的小树，一秒钟后
他（它）们就完全消失，我发现消失
真是一种令人愉快的感受
我现在喜欢的就是这些

2001年

墓碑前

在这里站一会吧，因为秋天来了

墓塔伸得很高，下面的墓石宽阔

大理石使一支部队获得休息

落叶在山坡已经撒满，这里落得很少

墓前的石头平台上，我们意外地

看见一朵指甲大小的菊花

我不知道是什么人把它放在这里

你把它拍下来，在镜头里放大

在我们走后，它就缩小成原来的样子

和石头长到一起，它会让从这里飞过的鸟

停在枝头上，不再发出凄凉的叫声

2008年11月14日

鬼脸花

鬼脸花在花坛里挤成一团
花瓣的颜色，很像从橘子里
捏出的水。那水只有指甲大
每片花瓣都是一片淡黄的指甲

它需要我凑近去看，花上面
有一组品字形的黑色，好像
童年的鬼故事里，忽然闪出一张
没有见过的，令人恐惧的脸

现在没什么使我感到恐惧
风吹过什么，就构成什么样的命运
现在试试，我们彼此做一做鬼脸
然后笑起来，像这些花，挤成一团

2009年5月25日

秋天的比喻

说不出有什么在升起，
好像空气在微微裂开。从缓慢
变宽的缝隙里，一些黑色的鸟，
在湖泊上投下影子。

一个男人，他说不出
这些鸟的名字。当它们
飞过他的头顶，在蓝色中消失时，
他听见耳中发出异样的声响。

好像很多幸福的日子来过。
它们令人难以觉察地变成
遗忘的日子，就像鸟群飞过后，
天空令人难以觉察地变淡。

好像有什么人在向他走来，
挨着他坐下，继续用寻找的眼神
对他凝视；好像他眼前有面镜子，
他在里面只是很小的黑点。

那男人摇晃着，好像吹来的风，
一直停在他脸上；好像落下的尘土，
在继续迷失；好像一场突然的动乱，
布满他的身体和很快将来临的梦。

好像他的藏身之处早已瓦解。
好像地平线越远，就越不断地向他反弹。
好像有人塞给他没形状的工具。
好像他不知不觉在撬动自己。

他始终说不出，有什么在空气中
升起，他四处走动，像落叶。
落叶永远只将命运交给自己，
那男人的命运，也就是在这时候醒来。

2011年9月5日夜

每 天

每天，我写一个故事
写一个连载
为了你等着看

每天都到凌晨
每天我只写一节
很短的一节

我希望
很短的一节里
有一些丰富的表达

我猜想你不会失望
我猜想你会觉得
你的等待，包含了值得

它值得我写
我想写得更慢
也让你读得更慢

因为一切都很快
快得像一段岁月
快得像你的凝视

你凝视我
你不在的时候
你也继续凝视我

我在这里写
或许我写的就是我
你看吧，看我写完

看我的一生
慢慢地
走到你的深处

2015年8月4日

年夜饭

妈妈在厨房待了很久
很多菜肴翻动的声音
密集地传来，如一种节奏
匀速地进入她的控制
一年年过去，妈妈不再年轻
回到心脏的血液
也越来越慢，唯独这些声音
始终没有减缓和衰老
该如何回应这漫长的奇迹——
在所有没改变的家具
和永远不肯变硬的光线中
一场持续几小时的声音
终于变成细细的雨
下在房间里和干燥的脸上

2015年2月22日夜

夜　里

一个婚姻失败的人在夜里
沉思自己失败的原因
他现在孤独了，变空的房间
不再有另外一个人的声音

失败的打击难以承受
没人见过他承受的样子
甚至他自己也离开镜子
坐到了黑暗深处

现在上帝去了哪里？
白天的光线去了哪里？
他相信过的东西如今
在一个看不见的地方破碎

曾致力于对世界的纠正
但那远远不是生活
现在的关键是他敢不敢
站到和世界对立的地方去

2015年11月29日

傍晚的图书馆

已经没什么人了，图书馆旁的平地上
只剩下长条形的砖石，它们
交错成巨大的地板，我独自一人
沿图书馆的玻璃墙散步
我的影子，在灰蓝色的玻璃里
反射出一道幻影，仿佛十年前
我也这样散步，因为时间
总是在玻璃里出现，也在天空中
逐渐变灰的云层里出现，但我
真正发现的，是我不再有
十年前的爱，仿佛我已冷静如
身边这幢巨大的图书馆，一把把
"U"形锁穿过竖立的门把，锁住了所有
没有人再去翻阅的往事。我暗想
我是不是已经激情老去？因为我
不再相信奇迹和神秘。这时的天色
沿屋顶暗淡，在图书馆的栏杆外面

一对恋人，坐在铺进草丛的报纸上
他们低声交谈，接吻，交换着
旁若无人的微笑。我从他们身边走过
我永远不可能认识他们，但他们
像是比我更和这傍晚融为一体的人

2016年2月26日

中秋日的金婚

这一天，父亲在微信上晒出
他和母亲五十年前的合影
他们如此年轻、如此般配
如此面对未来的生活

我不禁惊讶于他们的那一时刻
一个未来在他们面前展开
或许，他们那时想的不会太多
更不知道今天会是什么样子

后来，姐姐、哥哥和我
加入他们的生活。我们偶尔
会成为他们埋怨的部分，但也
恰恰是他们最期待的部分

很长的时间里，我真的很少
去注意他们，尽管那张照片
就在墙上的镜框里。它和其余的
生活挤在一起，慢慢地有些杂乱

很多年过去，搬家后的墙上
镜框不见了，我几乎没有觉察
让我分心的事物逐渐将我占领
我也不再记得那些照片和往日

父亲在今天晒出的合影
我竟然不知道它是如何被收藏
我凝视它很久——那时，父亲的
头发浓密，妈妈的辫子搭在胸前

我最惊讶的还是此刻
父亲一定把照片端详很久
妈妈也一定把它拿到
灯光更亮的地方，然后叹息

然后又微笑。或许他们真的知道
时间究竟是什么样子，所以在
五十年后的今天，选择一个中秋
选择一年里最圆和最干净的月亮

2016年9月15日凌晨

靖港，去年的雨
——给起伦兄

一座有千年历史的城市已经
不再有历史，它有的只是今天
和今天下着的这场雨
它下在屋檐上，就从屋檐间流下
它下在青石路上，就在石缝里消失
它下在一座桥上，桥面如此湿滑
我们走得很慢，慢得像这场雨
空气里弥漫出稀薄的凉意
那时还远远没到秋天
一面不记得名字的湖水在我们
眼前铺开，无数的雨落在上面
转眼就被收走，这很像我们写下的
诗歌，转眼就被秋天收藏
或许诗歌根本就没有秋天，只有
我们在沉默中涌起的种种渴望
渴望就是这场雨，全力以赴地
打击地面，像要撬开一个
神秘的深处。所以我们长时间
没有说话，只是听着这场雨
在撑开的伞面上敲打，在敞开的

湖面上敲打，在我们一路走过的
每个拐角处敲打——我们第一次
见面时的船，第二次见面时的
酒，都像一场寂寞时下起的雨
笼罩起我们此刻面对的远山
笼罩起对岸，笼罩起隐隐约约的
船上游人，他们转眼就从这里消失
转眼就进入我们看不见的生活
转眼就变成遗忘，我们还将
继续在这里走，继续在一场场
另外的雨中，另外的沉默
和时间中，走到我们各自的深处
写下我们没有写完的诗歌

2016年9月24日夜

回 来

我有点疲倦
下午，三个半小时的高铁
我在车上读一本书，里面有三十篇小说
挤压在一百五十个页码深处

真的有点疲倦
此刻坐在书房
六千册书
悬崖样壁立在我周围

灯光带来深夜
我感受到写作的欲望
如此强烈
像一条河，奔涌向沉睡的汪洋

2016年9月30日夜

斑马湖

夜晚来临，其实是很多事物来临
譬如月亮，譬如灯，譬如桂花树
释放出它的体香，在入夜的湖面
铺满，上上下下浮动

我走近湖水身边，对岸的高楼
被霓虹灯绑成很多字母形状
灯光将倒影丢在水上，我不由
想起很多从前的夜晚，消失的夜晚

那时我在和谁相爱？然后又分开
那时有很多和今天一模一样的夜晚
在浮动里起伏，飘散
一些缓慢的涌流，卡住我的喉咙

如今很多年过去，我剩下的
只有身边这条永不结束的路
月亮在它上面，一边抵抗宇宙的荒凉
一边又把脸埋在我的手上

2016年10月8日凌晨

在高铁上读弗罗斯特

在高铁上，我一直在读
弗罗斯特的诗歌全集
我有三个半小时的时间
完全属于自己，但我发现
弗罗斯特占据了这些时间
我以前读过他，但没爱上他
现在他再次攻击我
用他的草垛、泉水、鸟鸣
用收割后的牧场，仿佛
他要带我去那里散步
用非常慢的语速和我说话
我跟在他后面，不敢去并肩
我暗暗希望他能一直说下去
我惊奇地发现，他的年龄
一直停在他的理解成熟之时
他说的和知识无关，只和
一个人内心独自的渴望有关
譬如，我渴望走进一座森林
那里布满黑沉沉的引诱
穿过林中的路呈现出很长的半圆
里面不要有人，但也可以有一个
他或许就是弗罗斯特，穿着

很久没洗过的衬衣，头发稀白
风吹来了，也不需要帽子
我就在他后面走，紧张地注视着他
他会回头看我，然后停下来
我不知道会不会真有一个等我的人
告诉我石头的声音，告诉我
鸟在扭动脖子时的念头，或许那些
恰恰是生活的智慧，但我知道
我不可能去到那里
弗罗斯特死了很久，我只能一页页
翻开他到过的地方
翻开他每天对真理进行的思索
当我偶然抬头，窗外
一样掠过原野和树木
一样掠过远处起伏的山脉
它们都有了变化，很少有人
再住在那里写诗，或许诗歌
并不重要，因为它什么也不能阻挡
但它奇妙地让弗罗斯特在深夜里倾听
让我在每小时三百公里的速度中
渴望着能慢下来

2016年10月17日

我想躺在无人的旷野

我想躺在无人的旷野
旷野里没有很高的草叶和树
没有可以遮挡我视线的东西
我习惯在躺着时侧侧头
透过草叶的缝隙，我只会
看见更远的草叶，我希望
旷野里有条看不见的河
它不停地传给我很古老的声音
我不太希望这里有动物
（偶尔也可以有几只野兔，
它们看看我，又很快会到别处）
我躺在这里，没有人和我交谈
这恰恰是我非常渴望的事情
我想一直看着天空，像看一块
透明的蓝色玻璃，它把自己
反射向更深远的宇宙。太阳
不在我的视线之内，我并不
需要太阳照耀，我只需要
天空一直把蓝色盖在我身上
我是从很远的地方过来，我发现
一个让人躺下来的地方其实很少
周围允不允许，或者我愿不愿意

很多人很多事物已经让我厌倦
我感到我身体里的隐秘在打开
或许，那些隐秘就是一个旷野
它可以让我躺下来，那一刻
我像已穿越了整个人生
不是人生的每个日子都值得我去挽留
也不是每件事物都值得我去热爱
我仅仅将所有的愿望集中起来
投掷在最简单的愿望深处
——我躺下来，完全松开自己
我的双臂叠成枕头，我曲起右腿
一根带碎叶的树枝被我衔在嘴里
我就想一直这样躺着，一直到
夜晚来临。我身下的茅草、砾石
始终在给我奇异的温暖和支撑
一阵虫鸣，我永远不知它来自哪里
就像我永远不知月亮何时开始上升
月亮在天空里，慢慢变成纯粹的黄金
我不用抬头就可以凝视它，然后
我会惊讶地看见星星一颗颗增加
我肯定我能听见它们燃烧的声音
那声音遥远、神秘，它们最终把天空
烧成一片深蓝，我在这时缓缓睡去

2016年11月2日凌晨

昨　晚

昨晚，老聂拉我们去吃夜宵
成都很大，吃夜宵的地方不远
分两批上车的人
我是第一批先到
站在空旷的街上
杨青很奇怪地感到悲伤
周春文在旁边，用方言劝说
我抽着烟，莫名有点焦急
老聂会不会打车到另外一个地方
时间快到凌晨，老聂、雪峰
和仁斌到了。两天来我们喝了太多的酒
周春文坐着已快要睡着
蒋雪峰告诉我，如今谁写得好
谁写得差，谁是
值得尊敬的，谁是他鄙夷的
都已经心中有数，这有点
像我们老去的生活，已不得不
心中有数——和你在凌晨
喝酒的人已不会很多。时间流逝
就为了告诉我们一些
最简单的真理，它从来

不是我们学习所得，生活

是时间累积后，暴露出

一个早已存在的暗堡，一些

虎视眈眈的人，一些

莫名就仇恨的眼神，总是

组成我们看不到的瞄准

所以我喜欢这样的桌子和条椅

老聂忽然把酒杯顿了一顿

说今天是他的生日，我们

站起来，祝福他生日快乐

也祝福我们自己能继续快乐

人世间快乐很少，所以我们

都在紧紧地抓住，直到

真正的凌晨到来，那是

我们将生活延续下去的另外一天

2016年11月6日

明天我将去更远的地方

明天我将去更远的地方
它有一个确切的地址
它和我现在的停留之处
相隔几条河流，相隔几座山
相隔很多看不到尽头的原野
我时常会构想很多场景
一些人和一些事，我永远
不知道它们是怎样发生
我走在那里是一个陌生人
或许会有人打量我，或许
我只是独自穿过某个村庄
村里有口水井，有一片果林
村里还有一些女人，在背篓里
背着睡去的孩子。或许那里
依然是座城市，拥挤而喧哗
一座一座建筑，一座比一座
要高，但很少有人抬头去看
我的旅行包里，只有一把牙刷
几本书籍，我到达时
没有哪个黄昏认识我
离去时我都选在没有人的黎明

我去过的地方，看上去都一模一样
实际上绝不相同，还有那么多地方
我没有踏足，就如同我没有
在月亮上走过。或许，更远的
地方，就是比月亮还远的地方
它们站在那里，等着我过去
等着某个明天来临。当我到达
每一个陌生之地，我都知道
我最终是到达了自己，我会发现
我还活着，也没有真的老去
所以我没去过的地方都充满神秘
它们不约而同地，都在唤起
我心里的涌动，譬如现在
我还留在这个熟悉的夜晚
当明天来临，我头顶的天空
就会有陌生，无边无际地降落

2016年11月9日夜

他们看银杏树去了

他们看银杏树去了
我独自走到无人的空地
这里有矮小的草丛
有成堆的瓦，垒出一个高度

银杏树就在不远的地方
我没有走过去，有时候
我更想一个人走走，更想
在没有人的地方坐下来

譬如眼前这片草地，天空
紧压住它的身体，我在瓦堆上
坐了很久，我什么都没想
一些云在擦拭远处的山峦

后来，我在照片上发现
他们也在银杏树下坐着

深黄色的落叶铺满一地
他们就在这些落叶上坐着

我这时发现，能在世界的
某个地方坐着，真的非常美好
草地和落叶，它们都邀请我
要我和它们一样，都不说话

2016年11月16日凌晨

下午的峡谷

下午走过的峡谷
在此刻应该没有人了
其实下午的峡谷也很少有人
非常深的沟壑里，布满
无数碎石和一条溪流
我背着旅行包在中间穿行
我走走停停，既不
寻找什么，也不期待什么
峡谷深得没有一只鸟降临
我很少到一个如此低的地方
岩壁用凶猛的牙齿，咬住
四面八方的寂静（我暗暗
惊心于它们如此久的沉默）
一团团阳光，沿着峭壁滚落
砸到地面时无声无息
这里没有一块石头注意我
我也没有谁可以对话，好像
最深的寂静里总有最深的茫然
我只时不时紧紧旅行包
然后继续走，继续觉察
自己心里的涌动，只是

没有人能听见我的涌动
就像没有人能听见石头的呼吸
我确信它们一直都在呼吸
确信它们始终在秘密地生长
此刻我坐在房间，凝视着
给它们拍下的一张张照片
没有哪张照片里有我
于是我知道我只是经过峡谷
像冒险经过天荒地老的永恒

2016年11月16日夜

在富顺街上
——给聂作平兄

一条普通而陈旧的长街
仿佛仍在一个过去的年代
豆花店旁边，是杭州羊绒店
和北京布鞋店。但这里
不叫杭州，也不叫北京
它在四川一个角落，此刻
也在我茫然的眼中。我有点
奇怪我的茫然，仿佛我
熟悉这里，我知道这里走过
一个朋友的童年和少年
我不记得他是否写过这条街
但我记得他写过的沱江
就离这里不远。我能感觉
一些奇特的时光在这里沉淀
街看见一个人的成长
也看见一代人的老去。有时候
我觉得我真的苍老，有时候
又觉得我还没有开始我的一生
我从未到过的县城，显得低矮
显得生活不在别处，人群

缓慢地来去，缓慢地打开
多年前一个少年在这里长大
然后选择了离开，他想看看别处
在下怎样的雨。但所有的雨
都一模一样，只是人不会在年轻时
懂得。我不知道我们今天
懂得的又究竟是些什么。这条街
永远不改变它的样子，两边
都在向一个尽头延伸。我在今天看见
从未看见过的一个朋友的少年
我们在很多年前相遇，我的信
就寄往这里，多年后我终于
来到这里，像来到我的某个过去
来到一个命运里的地点——
从未来过，又恍惚熟知
仿佛现在，我不过是迟缓地回来

2016年11月21日夜

雪国列车

一列在雪地里驶过的火车
好像要去往更深的雪地
更深的雪地里也只有雪
就像此刻，铁轨上铺满大雪
列车的脊背上铺满大雪
枕木我无法看见，坐在
列车里的人我无法看见
他们的脸在雪后一闪而过
我看见的只是堆雪的车窗
火车偶尔发出呼啸的声音
仿佛要抖落身上的大雪
我在雪地里看着它从眼前驶过
我知道车上的人一定很多
我知道他们在去往一个雪国
远处的雪国或许非常迷人
所以他们选择火车和速度
我望着火车，它很快变成
一个黑点，然后消失
然后大雪继续覆盖一切
我再听不到火车的声音时
雪地就还原成它刚才的样子

看不见铁轨，看不见枕木
雪地上像是没有什么变化
一些零星的树被大雪抱紧
我再看了看火车消失的远处
然后继续我的行走，我想
火车上一定有人看见过我
但我消失得可能更快
我只是一个雪地上的黑点
列车上的人，不觉得那是
一个徒步的人，走在一个雪国

2016年11月27日夜

异地的房间

在另一个城市
我居住的房间
很少有人来过

它有同样的墙壁
同样的窗户，同样的门
可我还是陌生这里

我陌生里面的衣柜
陌生里面的床
陌生桌椅，陌生遮住阳台的窗帘

我还是要适应这里
适应里面的气味
像离婚后适应另一个女人

适应她的身体
适应她的细节，最后
适应围绕我的陌生的孤独

2016年12月2日夜

一年快要过去

一年快要过去
像一条路快要走完
眼看路口就要到了
我的脚步变得迟缓
但我无法在这里转身
我身后是一年的日子
它们都变成一具具苍白的尸体
它们不再和我对话
我也不想找个人诉说
我只看见路口近在咫尺
从那里吹过来陌生的风
我嗅到里面一股气味
清新而冷漠，这使我
既想回去，又想继续前行
我想到我每年看见的路口
每年都是相同的感受
我知道我没办法停下来

我只能像一个滑冰的人
在冰冷的场地上滑行
但不会有最后一个动作
不会有音乐戛然而止
不会有观看的人，让你
在突然的喧哗中鞠躬谢幕

2016年12月9日凌晨

冬札

1

有人
在深夜的街上走
不知他从哪里来
也不知他要到哪里去

我只听见他的脚步
如此粗暴地
干涉我对世界的偷听

2

树叶一片片掉光
剩下的只是枝丫
它们交错搭成
让月亮进来的巢

3

一只鸟飞走了
然后是另一只
我思索着它们
究竟要去哪里

天空一成不变
一只一只鸟
改变着天空
到最后，改变我

4

我把阅读这颗石子
丢入深夜
一圈涟漪
带我到很远的地方
森林、峡谷、群山
它们又从容不迫地
回到我的床头和灯下

5

草原。一个深夜
四周的马匹像石头
一块一块隆起
牧民告诉我
马匹，都站着睡觉
在我体内，一股惊讶
从躺卧里站了起来

6

历史永远不会出错
它把发生的一切
编成一根巧妙的绳索
阅读者，感到脖子被勒紧
感到自己很难呼吸

但历史并没有出错

7

我爱你。一句普通的话
我只对七十亿人中的
一个人说。因为只有
七十亿人中的一个人
让我发现
这世界最奇异的美

8

整个白天，阳光都在
敲打着墙壁

墙壁并不打开自己
第二天，阳光又来敲打

我目睹整个过程
像目睹世界的某个荒谬

但荒谬一直存在
我也没见过不需要荒谬的世界

9

在去年游历过的地方
我感到某些变化
但我说不出是什么变化

我不禁回想我去年的样子
我忽然体会到
在一年的失去里
我也在同样失去一些东西
尽管看上去，我还是去年的样子

10

我在夜里醒来
这时我听见我的呼吸
很像笔在纸上的沙沙声

我用呼吸，写下不可见的诗

11

有时我整夜整夜做梦
激烈而真实
到第二天
我总不记得我梦见过什么
我忍不住怀疑，我是不是
遗弃了我的另一种生活

12

每次
从档案室门前走过
我都泛起罪恶的念头
我想从档案里
偷走我的一生

13

在夜里，星星闪烁出
不可思议的光芒

更不可思议的
是那些星星早已死去

无须证明，我在大地上活着
大地和死亡，都不可思议

14

童年时，这条河就在流
现在还在流
没有加宽，没有减速
我站在岸边
没有了童年，也没有了此刻

15

越到远处
两旁的树木
就把路捆得越紧
直到把最远处
捆成我无法进入的消失点

16

我尝试热爱——我失败了
我尝试恨——同样失败了

我暗想，我还有什么
没有去尝试
对了，我将自己
变成彻底的沉默试试

17

那些孩子半蹲着
将手上的石子扔向水面
石子在水面连续滚动
同样如此，我们都想
在人生没有沉没之前
能再挣扎着前行一点

18

每一个夜晚
我都想抱紧你
每一个夜晚
月光都沿着树身
缓缓淌入泥土

19

我想编写一个童话
这说明，我想编写
一种美好。但世界
只是需要它
从不真实地上演它

20

复活岛上
七尊几十吨重的石像
一律望向海洋

没有人知道为什么

不管人望向哪里
最后都
望向了问题

世界的问题
自己的问题
永远没有答案的问题

2016年12月15日至20日

深夜的鸟

深夜的鸟都睡了
我还醒着。此刻没有人打扰

深夜像床单，覆盖大地
一个小小的球，还在沉默地旋转

有人在深夜回到家里
像鸟，回到一个空荡的巢

一根根树枝
不再突然向天空反弹

他或她，在自己的羽毛里沉没
像一只深夜的鸟。我只偶然

听见一只鸟鸣叫
在深夜，像听见一块石头

突然滚下山坡，然后
一直掉进无穷的宇宙

它的声音划过我的耳膜
很快就不被任何人听到

2017年1月15日凌晨

新世界

一切都是美的。我放下
一本读完的书后开始沉思
尽管它里面充满鲜血和杀戮
充满无辜者在铁丝网后仰起的脸
他们在强制的苦役中看到
远处峰顶上融化的雪
看到很久没看见的绿草在生长
或许，他们还会惊异
丁字镐的把手在变暖
那些砸碎的石头在裂开、滚落
他们突然意识到自己活着
意识到在肮脏的皮肤下
血液还在纯洁地流淌
我不断思索他们的命运
思索痛苦存在的理由
思索一些支撑究竟来自哪里
它包含暴君的支撑，一个人
枪杀另一个人时的支撑
那些无辜者的支撑。他们
发现石头里长出绿色
发现山顶上飞过一些鹰鸟

发现未来的日子将让他们

加入远处和远处的房屋

加入一件干净的衬衣

加入奶酪和咖啡，或许还

加入一个女人的爱情，加入

成为父亲的角色。我暗暗

感到一种希望升起

因为我活着，我也在

面对他们渴望拥有的东西

世界存在着，每一个地方

都有光线、石头、高高的树

还有海，我现在没看见它

它仍然在远处激烈和澎湃着

这是世界最初的样子

也是永恒的样子，它在光线下

呈现出它起伏的轮廓

呈现出天空和天空里的云

它们告诉我一切都是美的

或一切都将要成为美的

2017年1月25日

河 岸

朋友们在草地上躺着
每一根草尖上，都有
几吨重的阳光压上去
河在他们身边流淌

我凝望那个场景，很想
加入他们躺卧的行列
其实没有行列，一切
都很自然，像诗歌的生长

2017年2月26日

在高铁上

那么多风景一闪而过
没有人能停下来观察
山峦在远处，从树丛里
暴露出失去水分的肌骨
转眼又是河流、丘陵和原野
上面开满红色和黄色的花
仿佛颜色就是它们的名字

坐在你身边的人
你一个也不认识，很多人
已经睡去，也有人
和你同样望着窗外
他看见的也是你看见的
但你们中间有陌生的距离
人与人不能分享共同的东西

你还是继续看着窗外
你经过的一个又一个春天

都这样摇摇晃晃出现
你永远不知它何时就会结束
就像你不知何时就结束了青春
结束了疯狂、爱恋与兴奋
唯独不结束这无法结束的旅途

2017年3月21日

会　议

我们在开一个会议

谈论文学和刊物

我面前有一个桌签

一瓶矿泉水和一本杂志

沿着会场走动的

是一个无线话筒

它有时候激越

有时候结巴，有时候

它转换为其他的话题

很多东西你无法控制

很多东西也不需要控制

那个最认真的朋友

坐在我对面，他翻开

一本诗集，没有人

听到他在公开地朗读

2017年3月30日

我走过一条隐秘的小径

在我到来之前
这条路好像没被人走过
我不知道它究竟
存在了多少个年头

我没有一开始就发现它
从远处只看到荒草
一些黄，一些绿
铺开微微发软的起伏

我走得散漫，又没有目的
中午的所有光线
聚集在草叶上
发出微弱的鼾声

可能是到了野外
也可能是快到某个村庄
几幢有瓦的房屋
在几里外的树后出现

我不记得我走了多久
也不记得是要去哪个地方
渐渐有条小径
在脚下的荒野中出现

我不由停下来
有点好奇它为什么出现
周围没有人烟
也没有种下的菜地

这条小径弯曲
好像曾在这里走过的人
选择故意的方式
将它走成这个样子

我能够感觉
已很久没人在这里走过
小径像只蜥蜴在爬行
东张西望，打量着周围的一切

这里和所有的野外一样
一些没割刈的草

有的刚刚冒出

有的长到我的脚面

在离小径很远的地方才看得到树

小径里有几张报纸

有几个矿泉水瓶

瓶盖在另外的地方，被灰尘盖住

我沿着小径弯曲地走

不知为什么我不想很快走完

不知为什么我想一直走下去

我忘记自己何时开始，也不想很快结束

我有一种感觉

没有谁会从它的尽头回来

从这里走过去的人

都尽可能走得很慢

他们很可能是此刻的我

在一条路的行走中不觉得独孤

因为阳光很好

我的心情没有任何负担

我只是觉得

这条小径越来越有力

像一个慢慢收紧的拳头

让我集中起全部的注意力

我知道我注意不了什么

我没什么兴奋，也没有不痛快

在一天的中午

发现一条小径已经非常意外

我想象在我之前走过的人

我不知道他们任何一个的样子

就像以后在这里走过的人

也不会知道我的样子

我时不时会暗想

我现在有没有走了一半的路

我抬头看见太阳

仍在呲呲作响地燃烧

2017年4月3日

杜康酒

一瓶1980年的杜康酒打开
也打开了一个过去的年代
我忽然有点恍惚
那年我刚好十岁
那年我不知道酒是什么滋味
不知道1980会代表什么
那年我不知道什么是生活
不知道年代里会有什么变化
我不知道未来会有悲伤
会遇见不认识的人和不认识的事
不知道我会爱上写作
爱上书籍和梦境
爱上几个女人，不知道她们会
在我生命里留下很深的痕迹
那年，我面前的一切都没有展开
我滚动着铁环
不知道它会滚成无声的落日
那年我没见识过残忍
没见识过死亡，那年我以为
一切都是不死的

我更不知道，那年有瓶酒
将密封到今天
它在我面前打开，让我发现
人生在酒的皮肤里溢出
它说，你试试，看里面还有些什么

2017年4月5日

雨夜孤灯

雨一直下到深夜
一盏灯在很远的地方亮起
我不记得我看了它多久
我好像忘记了在下雨
忘记了时间快到凌晨
那盏灯好像要一直亮下去
雨水使它非常模糊
远远看去，只有一团淡黄
在非常细微地摆动
雨随时就能把它浇灭
它还是很奇怪地亮着
没有声音，也不移动
雨变大了，它好像是个聋子
什么也不去听。在它
全部的亮里，看不出有什么心事
我一直注视它，什么也不想
不知道它什么地方吸引了我
我注视着，不记得我是否撑了伞
不记得我身边是否还有人
我打算就这么一直注视下去

2017年4月6日

听杭盖拉马头琴

他在两根弦上拉出一个草原
地板仿佛变得湿润
一匹马在那里低头吃草
遥远的风,吹来群山和云朵
它们推倒墙壁,在尽头构成
一根柔软的地平线
毡房里有马奶,草原上有石头
一只鹰用翅膀拍打天空的硬度
牛和羊不知自己是落到地上的云
拉琴的人没看见它们
他微闭上眼睛,让喉咙里
看不见的簧片振动
当他的蒙古语和琴弦戛然而止
刚才的草原,飞逝到了窗外

2017年4月16日凌晨

面对的

熄灯之后，你以为我睡了
我还在房间里独自坐着
我总想知道，那些操纵人的事物
究竟来自哪里。我双手总是摸到
我内心那块巨大的石头
它从未放心我对它的承受
但我就是它，它就是我
每到夜里，它的表面摸上去更显粗糙

它像地球一样知道旋转
它同样有一个椭圆形轨道
有时候我以为它消失了
它又总呼啸着回来
此刻，我凝视我眼前的黑暗
听到一种石头与石头的摩擦
它在我耳朵里发出剧烈的轰响
你听不见它，也没必要听见它

2017年4月17日凌晨

凌晨，雨中的鸟

凌晨四点，一场雨
让我醒来。窗外还是漆黑
雨声总想让它明亮
我不知道雨是何时下起
更不知道，忽然在雨里
出现的鸟鸣是何时响起
我肯定它们无法飞翔
我肯定它们的每一张利嘴
都想撩开这片雨声
更加奇怪的是，如此大的雨
鸟声却始终听得清楚，有几声
特别尖锐，有几声还特别密集
我从床上坐起、倾听
雨渐渐停了，但鸟声没有停
它们始终断断续续。当雨
又突然下大，我看了看时间
已经六点，天快要亮了
我拉开窗帘，窗外是密集的雨
我一只鸟也没有看见
只听见它们在继续鸣叫，好像
它们不肯让雨，独占世界的倾听

2017年6月5日

餐厅：乡村发现

或许，这里应该就是乡村
这里应该有一排一排整齐的树
应该有座远山，有一个池塘
云朵挤在水里洗澡，它们
脱下的衣服变成升起的白雾
我们应该坐在湖边或者树下
（桌布上画满五颜六色的野花）
然后打开酒，倒入面前的每个酒杯

但事实上我们只坐在一个餐厅里
我们只是喜欢这个餐厅的名字
服务员递上菜谱，我们用铅笔
在一些菜名旁画上"√"的记号
餐厅外面，是一条有很多灯光的街道
无数烟火在告诉我们人间的模样
下水管在重修，拖鞋在这里散步
一场骤雨，反复冲洗地上的流沙

我奇怪地说起自己的故事
它们发生在什么时间、什么地点
它们因为什么发生，我又得到什么结果

我没有去想，旁人是否真的关心
每个人都有属于自己的生活
每一种生活都大同小异
有的人在恋爱，有的人准备结婚
有的人经历了一切，不再对人倾诉自己

非常大的雨，好像能在地球上打出很多裂纹
我这时有点惊异自己的角色
我不能自抑地继续说下去
一场敲响屋顶的雨，一场从来没变化的雨
在企图阻拦我的声音。我不由暗想
我或许真的身在另外一个地方
周围是连绵的山岭，此刻是孤独的时刻
我将自己的所有人生，再一次喃喃自语

2017年6月17日凌晨

第二首歌

你又唱了一首歌
它比第一首
更加动听
我听得也更加专注

因为这一首歌里
升起了黄昏和山冈
升起了一座高原
升起了天空和天空里飘得最高的云

我感觉我坐在另外一个地方
周围有一片镜子样的水
它反射出我最需要的一切
有朝一日，它们会堆成埋葬我的坟

2017年7月5日夜

你在我房间里坐着

你在我房间里坐着
房间有点凌乱
桌子没有收拾
床上的被子也没有叠好

你还是可以坐下
这椅子一直在等
矿泉水也在等
等你在这里坐下

你坐了已经很久
窗外的天渐渐黑了
我涌起一个希望
你能一直在这里坐着

这样我就能触摸你
一个幻觉的影子
在椅背上，在墙壁上
非常强烈地投射了上去

2017年7月11日

你无数次从我身边走过

你无数次从我身边走过
我没有注意到你，或许世界
每天都有无数的擦肩而过
它到来，它发生，然后消失

我曾经沉思，命运会给人
带来什么样的际遇，尽管
我已面对面地认识过命运
它嘴唇坚硬，有时候又突然颤抖

生活看上去总是平静
像海面用丝绸捂盖住海底
无数剧烈的波澜无助而有力
它突破的某个点又十分精确

那一刻就是对人猝不及防的打击
我惊讶地转过身来，惊讶地
注视到你。世界从岸边潮水般退去
留下围绕我们的寂静，广阔无垠

2017年7月11日夜

我偶尔会推开记忆的窗户

我偶尔会推开记忆的窗户
看一看已经离开的原野
上面是否还生长着树木
那些树木是否还保持着葱郁

其实我什么也不会看到
窗外只有一些影子掠过
它们有的浓重，有的已经
淡然，像是天空在收走它们

在很多时候，天空没有任何颜色
仿佛它是一个黑白世界
一些滴水声从看不见的地方传来
我使劲睁大眼，暗想在那些岁月

究竟是什么让我疯狂。我一次又一次
使劲朝窗外更远的地方看去——
一阵陌生的风吹来几片黑色的落叶
它们落在窗台，转眼变成了灰烬

2017年7月13日凌晨

城头山

在裂开的城头
有六千五百年的岁月掉下去
我俯看那些围住的
土墩、瓦窑，俯看那些
弯弯曲曲的地面
那里有今天还原的想象
在雕塑中穿透时间
我不由一阵恍惚
我想象一些更细微的生活场景
只穿树皮的男人运土伐木
筑起通向四面八方的城墙
女人们将草叶
搭上屋顶。他们弯腰割稻
面向天空祈祷，他们不知道自己
建成土地上最早的城池
我想象月光，想象洪水
想象随时出没的野兽
想象他们播种的样子
在几千年里，再也没有变过
当他们消失
全部变成地下的泥土

没变的始终还在地上
土地继续铺展，树木继续绵延
水稻又一次长出，还是和过去一样
落日在云层里，落向朦胧的群山
此刻我正凝视落日
它还是六千五百年前的样子
丝毫没有改变

2017年10月22日

最好的旅途

最好的旅途永远如此——
你不知道目的地的模样
不知道这趟车要开多久
不知道这条高速公路是何时修建
不知道身边的山叫什么名字
不知道它有多高，不知道
抱紧它的野草是否被人采过
不知道忽然出现的水流
它来自哪条天下闻名的河流
从你身边急速超越的车辆
你不知道为什么有人那么着急
一辆高大到不可思议的货车
你不知道它载着什么货物
你唯一知道的
是窗外偶尔出现的湖泊
你终身都不会再见
在湖泊旁汲水的女人
你永远打听不到她的姓名

当你乘坐的中巴经过某座桥梁
你看见桥下的房屋三三两两
你知道永远不会去到那里
仿佛住在里面的人全部在生活
唯独你从生活里离开，为了
踏上一段更好和更茫然的旅途

2017年11月22日草于贵州某旅行中巴上

石头墙

不计其数的麻石
铺成一个叫下司的小镇
我沿着街上的石头行走
两边是屋角翘起的木楼
一长串的红灯笼还挂在楼上
仿佛非常久远的故事
至今还没有结束——
有人在这里相爱
也有人在这里永别
所有的千篇一律
总有无数个细节不为人知
譬如一面石头砌成的墙壁
它忽然吸引了我，我走过去
惊讶是什么人砌成它
每一块石头都如此沉重
像一段一段往事堆在这里
一块一块月亮堆在这里
今天走在这里的游人
好像没有谁去注意它
我走过去，要人拍下
我在墙面前的样子，仿佛
我也把一块石头增加了上去

2017年11月22日 于镇远

河边太冷了

河边太冷了
几片树叶，还在枝头
抖动着指甲

我走过去时
树叶的指甲
从我脸上刮过

我没认出
从树枝飞往河流的
究竟是一只什么样的鸟

它发出的声音
是一片更冷的指甲
在我胸口狠狠划过

2017年11月24日凌晨于凯里

山上的苗寨

苗寨的房子都建在山上
抬头看去，很少看到树
很少看到鸟，也很少看到窗子打开
那些房屋错落，用一根根树木撑起
用一块块瓦片覆盖
山下的游人很多，他们好像
就为看这些房子而来
他们想看一种居住，看一种生活
但他们很少真的上去
那些房屋只是铺开在山上
其实铺开就够了，我们已经
走到一种习俗的门外
我们已经看到银器，看到手镯
看到刚刚打好的糍粑
看到用红绸系好的葫芦丝
它被一个苗人吹响，我们已看到
无数石头铺成的街道，石头上镂满
对称的花纹，街道总是弯曲

总是上下起伏。但我总是
忍不住去看那些房子
它们都没有表情，也不知道喧哗
它们只是站在山上
吸引着你，但绝不呼唤你

2017年11月24日于西江千户苗寨

沿着溪流行走

沿着溪流行走
两边的吊脚楼
仿佛退入黑夜

溪边的石头上
掉下一片落叶
卵石微微一响

整齐的屋檐下
一排灯笼摇晃
像要张开喉咙

果然声音传来
我朝对岸望去
那里音乐吹奏

幽暗的光线里
站着两个孩子
和细小的微风

他们靠着深夜
靠着低矮群星
低头吹响芦笙

从木桥上走过
没有人注意我
我投过去凝视

很短暂的凝视
他们继续吹奏
鼓起脸上腮帮

感觉除了天空
除了整个侗寨
除了我和溪流

再没有倾听者
再没有人收集
正散开的声音

它沿着石子路
沿着幽暗的灯
不知会到哪里

当我离开他们
溪水重新响起
灯光更加幽暗

他们藏进夜里
深蓝色的星星
忽然急促碰撞

2017年11月26日凌晨于肇兴侗寨

在高铁上总有写诗的欲望

在高铁上，我总有
写诗的欲望。不知道
这些欲望来自哪里
我坐在靠窗的座位
窗外起伏着远山和树丛
闪过湖泊和更远的事物
它们寻常可见，却只在
我坐高铁时突然产生
意想不到的吸引力
于是我写下这些句子
它们只是分行，我想让每一行
都成为一个台阶，我一行行
走上去，或许能眺望到
它们真正吸引我的原因

2017年12月5日

下午五点三十分开动的G6024

车厢里的人都睡了
行李架上的行李箱也在睡
整列高铁在速度里微微起伏
两个小时里，我在读一些公众号
关于几首唐诗，关于朝鲜和伊朗
关于红军某次孤军深入的失败原因
还有阿伦特沉思的某个方向
它们都压缩在一百二十分钟里
我读得有点累了，抬头看看窗外
不知何时天空已经变黑
一些灯飞快地闪过，连成
一条完整的白色线条
它们又很快消失，我使劲睁眼
也只看见非常深的夜在弥漫
其实我刚才阅读的也是黑夜
它们弥漫在它们的时代
我感到我阅读时有点无动于衷
当我意识到这点，不由吃惊地想
我是不是已变得越来越冷漠
或者我是不是对很多事情
越来越不感到悲伤，我感到我

真的在老去，也真的在失去
曾经有过的某种力量。在玻璃上
我看到我模糊不已的脸
它什么时候变成陌生的样子
对一切都不再关心，也不去想
外面的黑夜，随时就能进来
随时就能将它彻底抹去——

2018年2月9日草于G6024车厢

听朋友们唱歌

下午。一直在听朋友们唱歌

那些歌有的喜悦，有的悲伤

有些歌属于草原，有些歌属于城市

我坐在一旁，慢慢地抽烟、喝茶

看他们一个一个拿起话筒

我喜欢听朋友们唱歌

总觉得他们在唱自己的故事与生活

我也不禁在这些声音里沉入自己

那些爱，那些痛，那些波折

那些永远不能说出的细节

都已经让别人写好

很奇怪一个陌生人会了解我们的生活

很奇怪那些音符，瞬间使我们内心涌动

唱歌的房间有些暗淡

只有一盏蓝色的灯亮在房顶

仿佛就它就够了

节奏和鼓点，凸起得格外明显

就像他们唱过的月亮

格外耀眼，格外明亮

我很久没有唱歌，很久没有

像这一个下午，被这样多的

声音围绕。我知道歌声迟早会散去

朋友们迟早会回到自己家里

或许他们会忘记这个下午

在回忆里不留一丝痕迹

或许生活，不需要留多少痕迹

我们都这样生活，都这样

让一个个日子走向消失

我终于起身，唱了一首《往日时光》

我喜欢往日，也喜欢所有的时光

除了时光，已没有任何能让我喜悦和悲伤

2018年2月11日

除夕日

很快又是一年的除夕

很快又是一年结束

我整天在家里读一本书

父母在隔壁房间里看电视

姐姐和姐夫午饭后回到了自己家里

哥哥在桌前练习书法

我在窗前阅读，总被一些祝福的短信打断

很惊讶我竟想不起有些人是何模样

很惊讶他们会在今天想起我

我能想起的朋友不多

我愿意祝福的更少

他们很多在外省，少数在身边

我很少去想他人的生活

我关心的是时间和一些远去的时代

我总是希望，我能活在我喜欢的某个朝代

那样我会有完全不同于今天的生活

那样我或许不会有常常感到的疲惫

那样我或许会有更多的激情

那样我或许会有更大胆的意愿和行为

那样我或许会走很多的路

会去更远的地方，会犯更多的错误

那样我或许会成为我想成为的另一个人
我埋着头继续阅读
我感觉我度过的时光在不断拉扯我
它们都在提醒，是它们
把我塑造成今天的模样
是它们赋予了我今天的生活
我抬头看了看窗外
小区里看不到一个人
今天没有阳光，阴天里的树依然挺拔
对面的房间窗帘紧闭
今天和往日，会有什么不同呢
我在流逝的日子里感到自己也在流逝
我终于合上书，仿佛合上一个死去的冬天

2018年2月15日除夕日

沿着傍晚的浏阳河堤
——兼致起伦、炳琪、海波诸兄

走到河堤上时已是傍晚
天空正收去最后的光
新年第三天，吹来的风还充满凉意
仿佛冬天还没有结束
河边的草地仍被枯黄铺满
几棵树挺出光秃秃的枝丫
该落的树叶早已落下
该长的还没有长出
今天和往日不同，河堤上没有人
只有我们在这里散步
交谈着此刻想不起来的话题
其实一生需要想起的事物不多
一生也总有这样的时刻
面对一条河，面对黄昏将要消失的空旷
我们松开自己，像松开绑缚很久的锁链
曾经沸腾的河流如今冷静而瘦小
风吹拂我的脸和胸口
我在吹拂中听不到自己的心跳
可我知道我活着，正如我知道
这条河流活着，这些树和枯草活着

它们在自己沉默的意愿中活下来
看起来死去的事物其实全都活着
或许它们，都还听得到自己的心跳
都还抚摸得到自己流淌的血液
我凝望着对岸，沿河堤的灯忽然亮起来
我微微一震，我不知道是谁点起那些灯
尽管两岸没有人，我们也将很快从这里离去
那些灯还是亮起，它们将代替白天
照耀这条河，照耀树和草的呼吸
我的确听到了它们的呼吸
我也听到了我的呼吸
一切在黑下去，它们在没有人看见的时刻
像我们一样，彻底地松开自己
让自己进入更深的泥土
让自己更彻底地安静，更彻底地活

2018年2月18日夜

看完一场凌晨三点开始
的台球决赛

闹钟在凌晨三点

催我起来看一场台球决赛

这是我期待的决赛，也是我

很喜欢的两个对手间的决赛

他们在球桌上交锋，仔细观察线路

观察整体、布局和走势

眼神专注得像在观察一段人生

其实这也就是他们的人生

观众在他们周围，远远地坐成一个圆形

那也是观众的一部分人生

不知道有多少人在看这场决赛

我肯定更多人在这时候熟睡

他们没有参与凌晨爆发的激烈

他们睡在梦里，也不会记得梦见了什么

我忽然想起，闹钟响起之前

我也在一个梦里与人纠缠

那个梦没有观众，一连串黑白场景

我竟然无法进行描述

一种只有我才感受到的激烈

在我胸口压成一只拳头

我醒来时，拳头消失了
我知道还有很多无法消失
他们构成看不见的对手
构成我要独自应付的敌人
我时刻都在与他们交锋
时刻都在抵挡与攻击中进入下一步人生
我知道总有人在观察
总有人在漠然中发出冷笑
有时我也想冷笑
笑谁呢？我很难在身边看见更多的同行者
我看见的多数是路人样的陌生人
他们活在日常，又从不肯深入日常
仿佛日常已成巨大的阻碍
我不由暗想，我又究竟深入过什么
我在今天又理解了什么
或许我什么都来不及理解
我曾经设想过未来，现在我知道
除了此刻，很少人能拥有设想的未来
就像刚刚结束的那场决赛
胜者和败者都已离开
全场只剩下孤零零的椅子
好像对决从来没有在这里发生
好像最后的结局不过是一种虚空

再激不起任何人的关注
最后离开的那个观众正迟缓地起身
好像他还想看见什么
没有人会关心他为什么最后一个离开
没有人会想他此刻究竟在想些什么
或许我是唯一知道的那个
我感到我就是他，他就是我
我们只会在最后的冷漠中认出对方

　　　　　　　　　　2018年2月26日凌晨

坐公交车去见几个朋友

在公交车的最后一排
我无所事事地看着窗外
这趟车大概得坐一个多小时
我发现我很喜欢坐公交车
那样我在路上的时间会久一点
到目的地也会慢一点
我在书房坐得太久，所以应该
坐一辆公交车看看外面
街上的盆景都是开的
阳光都是暖的，刚刚三月
深圳好像就到了夏天
我总是设想这样的行程
我在一辆车上，不知它会开到哪里
我坐在里面，外面不时闪过平原
闪过旷野、群山
闪过河流、树林，甚至闪过沙漠
我看着那些事物，不说什么
也不写什么，我不刻意记住哪个场景
也不记住偶然出现的某个女人的脸
我想让我的日子变得缓慢
变得简单，变得和苦苦的追求无关

和至今没实现的野心无关

甚至和阅读无关，和写作无关

我只希望

我的日子和那些花的气息有关

有光线的纤细有关

和我能听到的心跳有关

甚至，和这辆公交车最后一排座位有关

我坐在这里，看着所有背对我的人

看着背对我的世界

他们没有人认识我，就像这世界不认识我

这样多好！我在秘密地观看这些人

就像我在秘密地观看世界

我把观看的结果都只告诉自己

决不告诉任何一个人

2018年3月3日于M310公交车上

光明新区人民医院输液室

输液室的天花板很矮
进入这里像进入一个隐秘的地下室
阳光照到屋顶就不再下来
床位在不规则的面积里
摆得也没有规则，好在有个安全出口
打开里面一面墙壁
让外面携带灰尘的空气可以进来
中午刚过，躺着接受注射的病人像在午睡
有两张床上的病人没有陪护
或许他们已没有尘世的亲人
一个老人起来，举起输液瓶往外走去
我注视他，像在注视多年后的自己
五分钟后他回来了，看上去有点焦急
坐下后就一直注视着输液瓶里药水还剩下多少
如同注视着自己的一生还剩下多少
我不禁感伤我的脆弱
所有人的一生好像都没什么不同
疾病也没什么不同，那些细菌、感染
那些不得不割开的伤口
在手术刀撤离后缝合。唯一适应的是医生
他戴着口罩进来
走到每一张床前，看看粘在输液管上的单子

我有点好奇他究竟想看什么
难道他会发现某个人输错了液
然后他很快离去，好像出去一个幽灵
那个老人忽然叫来护士
想确认自己还需要在这里待上多久
很多事都是这样
自己知道的答案，仍要别人告诉一次
空气中充满安静
安静有时候也特别令人不舒服
它告诉我这里一切都是虚弱的
身体的虚弱，也是人生的虚弱
我在手机上敲打这些虚弱的字时
时不时看看已睡着的女友
她的手背上贴着胶布，连接着那根输液管
她此刻睡了，或许在她此刻的梦里
不再有躺下时的痛苦
我抬起头，茫然看着门外
那个被污染的世界，还在不停地被污染
我再看看女友，她睡得已经很熟
我走过去，把手慢慢放在她的脸上
像放在一个暂时还很安详的梦里

2018年3月6日

湖边的水杉林

那些鸟永远不知藏在哪棵树上
它们将我的视线
拉到湖边的水杉林上
黄昏在天空，涂抹掉高处的蓝色
一些飞絮，上上下下，总是迎面飞来
湖边很少有人，只有我们在谈论
身体里绕成的密集年轮
谈论曾经的作品，还将继续写下的文字
谈论某个人的病情
我心里突然涌上一股感伤
好像很多无情的事物，从来没有把我避开
我凝视那些水杉，它们不知何年何月
长成为自己。它们会比我们活得久长
它们好像从来不嗅人的气息
湖水也在此刻安静
一些反射的光粼，总是让我长时间地注视
我知道我或许是想注视一个人
注视一个人身上的疾病与焦虑
我一直就没有摆脱过焦虑
没有谁能像一株水杉，像一片湖水
没有人发出过鸟的鸣叫

想到这里，我仿佛被更大的感伤攥紧

人在人的生命里，终究只是一场虚弱

仿佛随时会被某个黄昏席卷

此刻，我就在一个黄昏里

在一种逐渐蔓延的寂静里

我和我的朋友，在一排水杉前经过

没有哪棵水杉在挽留我

使我慢下步的也不是这些水杉、不是这片湖水

更不是那些消失的鸟鸣

它们在我身体里逐渐纵横

像一个搭成的葡萄架

我真的能摘下一串葡萄吗

我几乎不记得我们为何走到这里

转过一个弯后，那些水杉已再也不能看见

2018年3月26日

机场的落日

落日在哪里都是落日
此刻，它隔着玻璃，隔着巨大的窗户
不知要沉到什么地方
我在机场大厅，刚刚打印出登机牌
我转头看见这落日
它还非常刺眼，还没有到达深红
我横穿整个大厅，时不时侧头看它
它渐渐变红和沉落
我知道它不会落到地球的某个地方
它不会像书本所说的那样
落到哪座山下，落到哪片海中
它如此滚烫，其实又如此冷漠
——它从没注意过人类中的任何一个人
我走到登机口坐下
再想看它时已经看不到它
我心里奇怪地涌上一种说不出的悲伤
我看看和我一起候机的人
他们好像没有谁注意刚才的落日
我想我写一首诗吧
让它在这首诗中，再沉落一次
我也在这首诗的最后一行，再看一看它

2018年3月27日傍晚于黄花机场

禹龙大街

二〇一八年三月二十八日中午
阳光一直倾泻
我和彦钧、青虹从北川一条公路下来
禹龙大街笔直地在眼前延伸
如此好的阳光，我诧异街上只有三五个人在行走
街道两边的低矮栏杆上
有用铁丝固定的一朵朵白花
它们不是从树上掉落，它们来自手工
仿佛有人从花圈上把它们取下
我惊异地看看左右，两边有无数倾斜的房屋
青虹告诉我们，正是在这里
十年前的地震席卷了一切
现在那些楼房，地震前的两层都已埋在地下
我猛然一惊，十年前的事情我已经忘记
十年前我也不在这里，但这里的人记得
这里也没有人居住了，那些窗口开着
栏杆后面的巨石堆叠着，仿佛刚刚被战争摧毁
我们一下子放慢脚步，阳光非常刺眼
这条街如此干净和安静，另外的几个游人

操纵一架航拍的机器，我感到
我有点害怕从高处俯看，尽管刚才
我们是从高处的公路下来，我注意的是远山
是长满每个山丘的树林
我没想到这里是十年前的灾难之地
我们走得很慢，我仔细看着那些房屋
它们好像随时就会倒下，一些钢筋铁架
支撑着那些快要倒塌的高墙
空荡荡的大街上，水利部门没有人了
公安局没有人了，国旗尚在的小学没有人了
阳光照射每个纵横错乱的角落
我没想到我会今天来到这里
我没想到这里还是十年前的模样
或许它应该保持十年前的样子
让今天到来的人看看，让以后到来的人看看
在一个灾难后修建的草坪前我们站住了
一排松树挂着白花，低矮地站在巨大的纪念碑前
原本是白色的碑石上镂刻着一行黑色的字
草坪下，或许就埋着十年前的死者
阳光照不到泥土下面，照不到他们的脸
我不敢走上去，害怕踩住死者的呼吸

草坪安静得令人惧怕，它前面也有块碑石
上面堆满整齐的菊花，我到旁边的小屋里
买了一束菊花，我把它放在这块石头上
我知道我什么也做不了，我抬头看看天空
阳光始终在倾泻，正如这条街始终在延伸
街上没有声音，也没有再看见其他的行人

2018年3月28日 于北川

老聂家的阳台

老聂家的阳台
我已来过多次
今夜我和彦钧坐在这里
我发现阳台已有一些变化
靠墙的地方，以前是个鱼池
几年前的顶棚，我记得挂出过葡萄
在这里没变的是花盆和花盆里的植物
它们种在这里，一晃就是很多年
在这里的地板上，我曾度过一个中秋
度过很多走到凌晨的夜晚
我喝过的酒在这里吐过一次
（当然，此刻已没有任何痕迹）
今夜，彦钧是第一次坐在这里
他三十年前就认识老聂
我喜欢老聂喜欢的每一个人
就像喜欢老聂拿出的酒和刚刚泡好的茶
我们坐在敞开的窗子前面
窗外是很快就要睡去的成都
我明天将离开这个城市
我好像没遇到在暗处潜伏的感伤
——是不是我们喝了足够多的酒和足够多的茶

我不断提醒自己，永远不要再去感伤
因为告别、因为转身、因为沉默
它们总是藏在生命的每个角落
它们永远不会从生活里离开
所以，没有感伤的生活很难做到
只是今夜很好，蜀郡的树叶遮住整个天空
非常亮的月光从树叶间落下
我们围住一张很小的圆桌
三个小小的茶杯和五盒撕开的香烟
几个小时很快地过去
终于到我和彦钧告辞的时候
我们离开阳台，下楼后老聂又一次提醒
今夜有非常好的月亮。我抬头看了看
月亮果真很好，就像我此刻
果真没有悲伤——或许也仅仅是此刻

2018年4月1日夜

有一天

有一天我的才华将被耗尽
那时我不再写作，我坐在一张
靠墙的桌旁，抬头看着窗外

我希望，那天气候十分温暖
天空可以没有云，但一定要蔚蓝

我把一些菊花捻进有开水的茶杯
一本我喜欢的书也在桌上，但不用再打开

我度过的日子或许会忽然出现
里面有些快乐，还有些耻辱，我惊讶我把耻辱记得更牢

我希望我能看见一些鸟
在它们展开的翅膀上，驮着至高无上的光线

那光线一步步走到我肩上，然后覆盖到我额头
那时我会想起一些过去，还会想起爱上你的原因——
你忽然的笑，和所有人都不一样，但没有被其他人觉察

我不知道我是否让你得到过幸福
这愿望十分漫长，它大于我对写作的期许

或许我会忘记写作带给我的痛苦
如同我忘记曾经有过的信仰
它在我怀抱梦想的青年时给过我动力

但动力终究会消失
当那一天来临，我只看着窗外
我希望远处仍有山脉
或许我会惊异山脉仍然还是绿色
如惊讶夕阳，始终都是深红

或许我终于会发现
上帝的爱平均给了每一个人
我得到的不比谁多，也不比谁少

我凝望着窗子框外的远处
有些地方我已经去过，那些没去过的我已不再想去
我在桌旁坐着，已经感到足够的丰富

当那一天的夜晚来临
我知道我会继续坐上很久，我想看看星星
是否还会被我爱恋，像此时和此刻

2015年11月26日夜

第二辑

寂静的抚摸

场景和它的叙述（组诗）

1.屋顶上的月亮

时间没到八点，屋顶上的月亮
就已升起。一个常见的场景
但有时令人陌生。十年前我没准就开始
赞美——"你多像一块要融化的冰……"

在那里，是人的天真与机巧
看见形体、色彩的魅惑，如此秘密地
渴望保留。但有什么不会改变呢?
孩子过完了新年，镜子上的灰尘

重新需要揩拭。当这个动作结束时
里面已出现另一张面孔，既说不上荒诞
又不能说蒙骗。只隐约有些后悔的事情
转过身来，挥挥手又不像是告别

它和内心的旅行略微相似，没有
具体的存在，而遇到的事物是否全都进入

记忆？——没有学过迂回的语言
是无辜的，容易在脑子里扮演受伤的角色

而有谁尝试过接近伤害？短期内的理解
为一种热忱付出的代价，用一切譬喻
都不可以衡量。从表面看，甚至灰尘
也没有受过惊动，里面藏着负担还是屈从

只一次意外的过失，只一次就留下
无法补赎的后果。什么人可以收购年龄
——这时间占有肉身的证据，什么人
拿起粗糙的物件，能慢慢把它塑回原形

像每晚的月亮，在屋顶上升起
一个观众和他变形的梦境，都不再
出声。一件失手打碎的容纳流水的瓷器
置在胸口，像是证明曾经有过的某种珍藏

2.冬天的旅行

能否把冬天的旅行留在纸上？
一个倦于表述的人，总习惯把劝解

交给自己。一瓶墨水，随意减轻他的
负担，而为活下来他又扛起了不少

其中要过他命的伤疤，在一定
程度上，是给心理提供了培养和稳固
他看见一条路，在春天伸得太远
而到夏天是否返回？网开一面的生活

保留着它的玩笑，一个在内心旅行的人
总做不出更多的选择，幻想和步履
又不能进行更多地挥霍。他内心的面积
要经过怎样地测量，才能让翻阅的手指

在地图册上不感到疼痛？他见过什么
什么就产生了变化，那是否一个人付出
就仅是意味着付出？他的笔迹，难道有人
可以篡改？冬天，他在纸上的旅行

足不出户。但这是否证明他写下的
就不是他所丈量的？——未来在一只蚂蚁的
背上，不能再快；一个孩子，没成年
就懂得了虚荣。他闭上一只眼，另一只

却看得更清。或许，不要再用激情
为难这个时代。一个废置的图书馆
向路人兜售收藏，那还有谁的智慧
能用纸张守住？一只兔子东躲西藏

能在枪管下跑出多远？他能够看见
却不可以说出。冬天有足够的时间用来
适应愤愤不平，当然，也可以背对它
向车窗外倒退的景致啐上一口唾沫

3.寓所和寓所里的日子

什么都想说出的时候，便什么
都不可能说出。——沙发、书案
隔壁房间的声响，对听力进行的
无休止的干扰，是否考验一个人的

耐心？在父亲给他的血液里
幻想不够完整，青年时代的教育
明显有其缺陷。他的形体
用枚叶子就能譬喻吗？安静的河流

触不到痛处。当一个人偷听自己
灵魂会漏洞百出，找不到哪顶帽子
能严密地遮紧额头。咖啡杯在桌上
可以盛点泪水，手指伸出袖口

容易被锋利的物件划伤。而谁又没有
在刀片上走过？卡夫卡热衷一个地洞
有时上帝也到里面躲藏。超过80分贝的
音响，就能把耳朵伤害。有沉思习惯的人

最好和语言保持距离。像污点
也需保存一段时日，它用以构成
一个人的完整。在那里，日子
或许不会那样可怕。打字机也能

赶上一个人的思想，并改进他的
表达，和对自己幸灾乐祸的方式
——变化的事物肯定可行，词用完了
还可以用字母把失眠的时辰挥霍

而降临在他寓所里的沉寂，一半会随
公开的表演消逝，另一半沉入大脑

警惕昨天汹涌过的假象。物质是时代的
证明，发誓留下遗产的却是个人的痛苦

4.剪　影

我需要一个剪影艺人
为我描摹画像。在阳光充足的日子
选择一个角度，看他的剪刀
扼制住表情，在我脸庞转暗的

一瞬，我和自己恍惚的情绪
都要分开。这过程像种惩罚，如此严厉
但一个人失踪，是不是更加严厉
——撒旦是存在的，否则上帝

无处藏身。剪影艺人，他会不会
把我藏到希望的地点？我承认
有时候我想入非非，在巴赫的音乐里
又忍不住泪水，一个人泄漏自己

有时竟如此单纯，即使语言
也无法遮挡。而我并不需要

被什么人想起、被什么人忘记
——暴露癖是种疯狂，在额头闪烁的

很难说是他的智慧。疲于奋斗的人
也许有更多的容忍，白天和黑夜
相互衬托。我有时怀疑我做出的表达
有时又怀疑一个人能力的限度，那么

骗一骗自己，是否是种活下去的手段
——它不需要镜中的历史，也不需要
外科手术的运行。给人安全感的阴影
挡住牙齿和喉咙，哪一个对手

都给不出致命一击，而代价
仅是一截枯燥的记忆，在玻璃板下
压存。那时我保持一个侧身的姿势
像一枚针，坚定地走入自己的黑暗

5.我并不期待……

我并不期待哪种来临
给生活带来益处，我也没有尝试

拆除镜子带来的距离。我的嗓子
尽可能避免高音，在不同的

场合，我坚持我亲眼目睹的
事物。即使教条，也把它看作
真理。虽然我不希望我的愚蠢
被别人发现。每个人的声音

都在戏剧性地碰撞，加入其中的
蚊蝇，向一个瘦小的人致意
他的羸弱，有可能是因为营养不良
也有可能是因为沉思过度——

一只蚂蚁，又实在跑得太快
如果不考虑代价，我有可能
会真的追赶。因此，有谁不在现场
我断定不是缺席，他有可能

刚刚离开。从速是一条原则
遵循它，一切就都可能删繁就简
至于语言的技能，并不真就使双肋
长出翅膀，灵魂在什么时候

开口说话，复杂的事物
或许会变得简单。像一个孩子打开文具
就懂得给年龄划上界限，他的态度
端正吗？不值得苦恼的游戏

一旦进入身体，便什么都不能
挽救。它不由一个人的信心解释
做给人看的面孔自己不能看到
我跟不上时代是因为还不够疯狂

6.唱诗班

小号只是背景。轮流登场的表演者
哪一个不字正腔圆？瞧瞧那弄指挥棒的，
耍不出什么花样。他有可能忘记
卡拉扬去世已久。我们是否该原谅

他脸上的表情——陶醉得确实过分。
我们头一次碰面就在这样的场合。
你说这是幸运呢还是生活的自然周转？
或许也只有一首脑腆的诗歌，才有

宽恕我们的权利。那是一个透明的
小小形象，在两排肋骨的中央卡着。
像钥匙——钥匙知道自己是钥匙吗？
我实在想舍弃与我格格不入的东西。

我承认我的性格是有些怯懦
既没称过呼吸的重量，也没揪出
那个在人群里虚张声势的家伙：
我要是只有愤怒该怎么办呢？

我只希望词语对我加深它的严厉！
就说这是种愚蠢吧，我干吗要和时代
斤斤计较？——日子睡得太死，
我用力抖又抖得出哪桩不公平的事件？

就是良心，在今天也不能教授什么课程。
语言只带给我不幸。大西洋很冷。
金斯伯格已经去世。当月亮来到面前，
只有一个阿根廷诗人得到了它的眷顾。

我拼命都想从子宫里抱出一个婴儿啊。
今天退场的人太多了。仿佛这游戏

单纯得没有任何意义，但它却取代了
我们一部分生活，就凭它一秒钟长的笑意。

7.办公室

上楼，右拐，一扇门随手关上。
灰尘与光线，都从朝南的窗子进来。
我们的生存环境，如此的
一致吗？外面的世界还真有点

目不暇接。眼看牺牲一瓶墨水的数据
也随便牺牲一页白纸。而白纸
恰恰是构成我们某种钟爱的来源。
就为此忿忿不平吧，但别说这是荒唐。

我的实际情况比这更加糟糕。
——要给所有的瞎子让路，还得提防
他们手中的竹竿绊着天线。这其中的隐情
就是留到冬天也难说会有机会倾诉。

我看见每张同事的脸，总在烟雾里掩藏。
他们叫得出我的名字，却并不认识我。

虚构的凉亭只是笑料。能拯救我们的鸟啊，
现已飞离得太远！我知道它也不打算

回来。就像我们中的一个，
不成为化石就不肯善罢甘休。
仿古的红木椅还坐在窗内，
你就没问过它睡着了有多久。

我确信哪一首颂歌都不会需要我们。
它要操持的是一个足以用来享用的大脑。
手术刀也被它的两根手指挤压，
直到像刺一样扎进肉里，不再可能拔出。

我总觉得它是在模仿我没有摆脱的形状——
灰暗、整齐。像茶几上一字排开的杯盏，
看守着自己的座次。一个人苦恼的样子，
不值得问询，但他可以成为自己的首领。

8.妄想之树

掏鸟蛋的伎俩早就应该结束。
我听厌了一个模仿者的喃喃自语。

庄严不再有机会驰过这个世界。
胸怀妄想的诗人没看见自己的脸孔。

几顶飞得过高的呢帽已远远
越过了山冈。想在树下小寐的人，
始终达不到石头的状态。一只蝴蝶
又总煽动他指尖里不同寻常的欲望。

如果把一切譬喻成游戏或能让日子变得
简单。但鸟儿不会因为这个理论回头。
草地上的餐筵使一块桌布明显变得愚蠢。
我要尽可能理解的，是一棵高树

吸引一个灰心丧气的人走向它的原因。
——他要寻找天使或是灵魂是十九世纪的
浪漫。今天讥笑着有着地球半径样的长度。
人的天真随经历的堆叠就失去它的踪影。

一个人历险的悲伤肯定将持续一截时日。
藏好自己或许是耳朵最适宜的功能。
深谙防范的人不会让任何秘密冲口而出。
我是否真做得到对自己的一生守口如瓶？

我们的苦衷就在于没有一个让我们到达的
终点。摸着石头过河是没有更诱人的吸引。
为信仰付出代价就像为过失赎罪一样没有
区别。要怨就怨自己没有一个肥皂做的舌头，

只有被吹起的一些彩泡，轻盈地掠过树端。
它看不出什么值得拯救，也看不出什么值得
倾听。对某一些牺牲岁月并不发出回响。
一个没有真相的时代使旁听的耳朵聋得更深。

1999年秋天

寂静的抚摸（组诗）

1. 此　刻

一片流水打开黑夜
灰蒙蒙的时辰，我听见石头的叫声
进入自己体内，大地无人
失眠状的种子，绊住梦游者的呼吸
理不清头绪，又没有谁的经验
让我能够放心地重复
我闭上眼睛，不为了安然就寝
开了又熄灭的灯，磷火样闪过。
一座声音的迷宫，一个空白的括号
我的身体渴望着把它们充满

仍是虚无的风，一遍遍打开它的轮廓
寂静里诞生的瀑布
推下它独自的理由，力量隐蔽得多好
永恒从一开始就不为人知地坠落

我想和另一个人交谈
说出那总是说不出的思想

因为风，我的脸庞感到烦躁
一碰就碎的语言
从不赐予我和好的机会
和我说话的黑夜总像是自言自语

沥青色的街角，吹口哨的男人
始终没现出身来，大理石围住的水池
多么奇怪，生命发出它的呓语
像齿轮在路面留下来的声音
它们从广场伸到郊外，几个醒来的人
只在脸上挂着诅咒，想不到抗争

在这里看，在这里等
在这里来来回回
世界并不想和谁达成协议
石子扔出去就消失，白白糟蹋掉的时间
像节烧焦的树木，水落在上面
只冒出一股蒸汽，晃一晃便没有了踪迹

我想和另一个人交谈
取下额头上的那块阴影
它从没有将一种未来触摸
眼睛静止着，恍若时间的形象

一滴水在眼睛里
一滴水，只屈服于它自己的力量

无人的街道和拐角
好像一切都不会发生
仰起脸来的词语
沉默时落后的心灵，整个的风
水在下面晃动肩膀
一个漆黑的喷泉，落回深处
仿佛世界变得温柔，重新抚摸自己
一个一个单词，奇妙地织在一起
一个人彻夜不眠
只是等词语把他带走
血液循环反复，总离不开一个中心
布满石头的天空没有墙
瞬间可以无限振动，如同水
愈合自己伤口时的形状

我坚持否定一次成功
否定一次失败。在黑暗中模糊的存在
是做梦时的一次叫喊
它对称的地点保持沉默

说话的声音现在不能听见
欺骗过我的光线在此刻没有名称

2000年1月20日凌晨

2.胆怯的希望

希望走到中途，忽然更改它的路线
风把道路让出
皮肤上的时间变作尘粒
一个脱衣的陌生人
望住我左边的某个地点
也吸引住我的目光

我的身上
已有一个巨大的缺口
声音在那里沉默
它俘虏着我，在打起精神的前夜
环视我的道路
每个敌对语言的空间
在玻璃上跳动，在空荡荡的水中
摆出命运的面孔

燃烧过的火
在灰烬的墓里变得模糊
不再和目的达成一致
我的影子披上它
一片羽毛，迎来一缕暗黑的光线

——它的犹豫和孤单
只能让世界梦见
在变软的时间里打开
人是微弱的，活着仅像一次呼吸
呵欠悲哀地围绕
昏暗而确切，阻拦垂危者的目光

石头上的一具躯体
不再用手支起下颌
渴望恢复的活力在寂静时张望
外面宽阔的路，没人走过的路
几棵树固定在那里
随东游西荡的思想一同盲目
它们不再记得等谁
一片腐烂的流水
从逃离走向另一种逃离

迷惘时的创伤

影响我的万物

在感觉的舌尖布下来盐分

我没在眼睛里找到幸存的颜色

物质进入了心灵

横卧着的世界没有意义

· 一切遮蔽，在成群的空间飞舞

我接受一只手的触摸

一个音符的干扰

体内仍有喘息

出出进进的阴影

靠在自己肩上，背诵着单词

激撞的声音在交织以后

离开了它们原来的位置

一缕不占任何空间的气息

给看不见的灵魂带来真实

一条绕开的路肯定更远

白昼被它拖扯，转个弯就离开了注视

那时刻谁也没有语言

我忘记了自己，忘记了时间

离开道路的风也离开它自己

我扔出去的声音，化作沉默流回日子
天空布下的光，充满遗忘和寂静

2000年1月21日夜

3.造　访

黑夜醒了，我的笔端
到来一滴露水
某种颤动在我内心旋转
我没认出其中的脚步
影子走过窗口，叶片无声无息
往前流动的梦，留下截慢吞吞的尾巴

我感到隐秘的存在
笔直地浸透瞬间
干渴和欲望组成的身体
在滑行中变得寂静

在嘴唇的位置，普遍的位置
一把演奏过的提琴
将声音留在体内

我俯向自己
听觉里的风，脆弱又柔软的臂膀
推动脚下这孤单的球
这球认识时间
认识寂静里的小小伤痛
音乐睡去了，连呼吸也没有

五米外的光线
无人听见它弄出的声响
胸腔里的水
向外开始漫延，无边无际地漫延
眼眶打开堤岸
为自己的漫长感到惊恐
我触及它，像此刻，触及自己

那是第二个我
肉体和虚无
镜子里净化的形象
模糊中打开的脸
一个失去又到来的念头
收集起词语，跃动着的指环

那是第二个我
和墙上的影子分开
和树枝间的风
连在一起
自由落体的物质，捏塑成梦
一笔一划的回声，在一个个空间游荡
像盲人，沿条看不见的路线
恰好对应我经历过的虚无……

我的脸上
感觉到生灵呵出热气
词语起身走动
盛满一只器皿
灵魂可以看，可以触摸
在接二连三的瞬间，竖起骨骼和嘴唇
我看见我离开自己
渐渐恢复原样

那时我知道的仍将更少
像我制造的，是一个最古老的开端
声音和面孔
石头和水
眼睛里的凝视

在失眠的时辰里拍击、伸展
把某种形状的梦送入泥土的根

2000年1月26日夜

4. 单　词

我熟悉这些笔画
每一张凸起在白纸上的脸
浸染着干渴和孤寂
在音乐交织音乐的地方
声音凝结如页岩

前前后后是齐膝的风
片刻　单纯
征兆的叶子盘旋
在脉络里埋伏着生长
我身上的渊壑
渴望填平一条圆形的长廊

语言：少数人的刀刃
柔软的玻璃

在我眼瞳旁留下一阵刺激

我在灰烬的皮肤上不能把它梦见

一只手布下的是生动

说犹未说的奔跑

和日子无关的时间

我的倾圮又建筑的思想

取下它的面具

不能说痊愈的伤

在同一座峭壁，同一条河流

收拾散开的形体

搏动另一种经验

同一座火山

爆发得出其不意

死者开始复活

用沉默的声音彼此交谈

他们破坏曾经创造的世界

沿着瓦砾，也沿着流泉

一个日渐丰满的形象

　要完成它的对立

我的词语不再来自笔端

悄悄汇合的血

听觉聚起的寂静
我身上近乎不能辨认的线
织到一处，当作音节的卧榻

我再想不起自己
沉默的风
不停在走的风
进入自己体内
像血液和生殖那样接近自己
它不再保持你眼睛里的模样
不再乖戾和喧嚷
沉睡的石头，躺在这里做梦

起身走到中间的光
开始打开自己，一个嘴唇
嘴唇里闪烁的刀
枝头上弯折的寂静
一个单词，流水
和在其中起伏的脊背

2000年1月27日夜

5.在日子后面

在日子后面，等待
拉长着它的影子
几只蚂蚁
在里面爬进爬出
我察觉不到的路线
绕过钟点和记忆
我的嘴唇
和浮起来的沉默捆在一起

我想开口时
发现我落在一个重复的记忆里
环状的日子
焊接着它的边
我没听到接拢的声音
外面是一连串的影子
游移不定的影子
像渗过墙壁的水
我没听到它抑住的喘息

生命赐予我什么
我做梦时把一切接纳

大大小小的愿望
像呼吸那样贪婪
我想说出的存在
没一件不引起体内的快感和哀愁
它穿过我的双手
在加倍生长的孤单里停留

我肯定了一个时刻
这时刻就不再需要我
它在光滑的石头上挺立
像一个单词，只把自己打开
把雨下在自己身上

我望着每个日子的脸
每个日子都伪装成孪生的模样
一个是另一个的影子
它收集我的言辞，我的每一种欲望
我回头只有空寂，时间里的力量
都在空寂里铺展，白昼一样开放

我想走到日子的前面
让每个对立的形象
喊出我的姓名

我想变得更加彻底

在躯体受限制的边缘

再伸出一截指骨

那是不受命运关注的部位

我的意识和预感

我的眼睛，漆黑一团的颜色

我知道我没能看得更远

一个暂时的瞬间

一个不可能的分寸

要长时间地延长道别

我回头没看见任何认识的面孔

我的性格和言辞

都充满水的某种惊颤

布满渴望的眼睛

柔软的梦幻

变成果实的血

最终回到枝头

我喉咙里的渴一声不响

日子的后面是无尽的长廊

2000年2月29日夜

6.听　觉

你在另一间房子里
中间的墙壁
将所有的声音挡开
我耳朵里没有风
固执地响动
小声，没有形体
光线盲目地流
在迎着窗户的墙上找到居所

有什么掉在纸上
一页没有字迹的纸
等待着触摸和注视
它的身上
是使人目眩的单纯
一张移动的椅
总保持一尺的距离
和它互相揣测

在桌沿一边
一只靠着的肘
在镜中观察自己

鼻翼两侧的光
在白天也不隐藏
没有满足过的预言
不摆动，不伸延
一只兀鹰，捉食里面的智力

那是投进来的影子
没有人去推
它触及的光芒变成苦味
散布在敏感的舌尖
一杯茶和它说话
同样是听不见的声音

一只在看的眼，老是走神的眼
围绕在它旁边
日子为它计算，钟表为它计算
见到的结果
都有只小小的、不可靠的软足

手的自言自语
在外面围拢身躯的轮廓
我是否看见了你
另一个世界的边

布满活动的分秒
没哪个属于此刻
躲在近旁的唇
侧身到另一个空间

我的同样的词语
一个接一个返回
在一本有折页的笔记里
幽灵样倾斜
一张透明的床、微型的床
听见我呼吸里的声响

你停住了脚
一个在瞬间睁开的眼
什么也没看见
世界收回它的影子
床单和墙壁，完全地静止
到处是我不认识的光

2000年3月1日夜

7.白天的水

1

你认识我血液里的孤寂

阴影随处落脚

脉管里的鼓点异常干燥

躯体：形态逼真的石头

一条裂缝湿润

静止的钟点在凝望里消失

我渴望再往前走

一层玻璃铺在我写下的字上

字母表明暗迷离

我的饥饿昼夜喧响

一排记忆和一排白天

我在重复一个古老的游戏

我渴望再往前走

走到你捂住心脏的地方

阴影的落脚之处

是没有围住的椭圆

它分开一条界线

左边是剩余，右边是消逝

我渴望充满你，充满漂浮

光亮。白天的水。纯粹的涌流。

2

雨落下来

构成白天的闪电

潮湿的闪电

大地的一只树冠

伸出一只手掌

抚摸、吞噬我们的光阴

钟停了，墙变得深远

嘀嗒声不再摆动

光线被收走

寂静在天空的上面

人走过平原
每一次喘息
都透过皮肤，在空气中摆动

雨落下来
没什么目的
它窃取给自身的
是长长的一百二十秒

3

你的声音，你贴在地上的面孔
在我手掌上跃过
地理变得模糊
目光在一个瞬间变得宽阔
我始终没说出的话
在喉咙里逐渐松软
它从一个坚固的外壳褪出
回到大地的繁殖之处
回声样把它收留

我躺在你的瞬息之间

继续一个模糊的梦

沉到你深处的日子

合不成一个圆环

每个日子都决定我的意识

每个日子都是眩目的空间

它在凝望里变细，在铺开的纸上拉长

我躺在你的瞬息之间

没有名字，也没有孤独

这个瞬息是你的颤动，深切而喧响

2000年1月30日至31日雪后

云南诗札（组诗）

1.丽　江

从一架水车开始，无数块石头
铺开这里的广场、小巷和梯级
沿着这些石头上去，是翘起的屋檐
是十万片灰色的瓦，一块叠着一块

天空就在这些瓦上铺开，光线
在每一个缝隙里散步，瓦片下的房屋
渐渐向晴朗移动，树叶和流水
沿着云朵来到地上，涌动着很少人听见的声音

2.客　栈

所有的大门都被灯笼和玉米看守
院子里像是没人，一棵粗大的树
只和它的影子站在一起，有一小块天空
落在这里，擦拭里面的桌椅和家具

一只忽然站起的狗会警惕地凝视着你
它首先睁圆了眼睛，然后飞快地跑近你
仿佛你的衣服和鞋子，都有它喜欢闻的气味
就像你在这里，能闻到所有你喜欢闻的气味

3.茶马古道

只有马匹能够走到这里，几百年前
茶叶和盐巴从这里走过，骑马的人
说着无人听得懂的方言，密密的树叶
在他们头顶，筛下蛛网样的光线

现在这些光线仍然像层蛛网，它黏住
我们的帽子和眼睛，当马蹄踩到水里
就发出这地上最好听的声音，好像
越没人的地方，才越有这永恒的声音

4.拉市海

水向四周扩大，四周都没有边际
几条斑驳的船只，构成活动的风景

十一月，这里仍像一个春天
世界布满远山和树木，就像它最初的样子

这是你喜欢的样子，就像你喜欢的那群
没有名字的植物，它们在水底摇动
笔直地生长，一根根挨到水面
你不走近，它就躲藏，像一些古老的智慧

5.虎跳峡

那些岩石光滑、陡峭，河水流在中间
平缓、浑浊，当岩石从两边慢慢夹紧
河水忽然变得激越，像一种奔涌的力
突如其来，在石头上撞出巨大的喧响

我们忽然听不见彼此说话，或许我们
在忽然间忘记语言，一切都变得渺小
我们忽然看不见彼此，只有那些白浪
高高地跃起，发出世界最原始的声音

6.香格里拉

空气变薄的高原，远处和近处
都是细细的针叶，很多红色的叶子
组成能动起来的山峦。在一棵树前
我把手掌伸出，松鼠飞快地把玉米衔走

最宽阔的仍是湖水，它把山尖
削躺成一块平地，我猜不出它有多深
它先把每一枚针叶，倒插在自己胸前
然后把整个天空，彻底搂入它的怀抱

7.转经筒

三丈高的经筒，风不能把它吹动
四十三个人，用双手推动它
沿顺时针方向走，纯金色的经筒
开始转动，像星星，在天空转动

一切都在转动，祝福和祈祷
沿着整个地球转动，地球本身

也一直都在转动，身边成千上万的经幡
响起扑啦啦的声音，几乎不被我们听见

8.四方街

入夜后，四周的店铺都挂起铜铃
在四千米海拔的高处，那些声音
攀援向星星的住所，星星在这里
是一群深蓝色的邻居，走过每一家的屋顶

在屋前的空旷地上，二十几个藏民
围成广阔的一圈，不知从何处响起的音乐
让他们舞蹈起自己的影子，他们看上去
像掌握真理的部落，赤着脚，毫不畏惧寒冷

9.栖凤谷

卵石弯弯曲曲地铺到这里，门后的小楼
像是没有人居住。卵石在里面
铺成好看的图案，吊床、躺椅
一直等在这里，上面没有一点灰尘

从木质阳台上看过去，是连绵
起伏的屋顶，在每一个屋顶中央
站着一只小小的瓦猫，它始终站在那里
像是要看守把蔚蓝泼上去的天空

10.去白沙镇

柏油路两边，是没有边际的田野
玉米已经熟过，割下的长梗倒在路边
几匹马低头吃草，拴在树上的牛
忽然停止哞叫，像是忽然发现了我们

这路上再没有其他人，整个秋天
从这狭长的地方仰起脸，云朵在远处
将地平线浸得柔软，不记得从哪里开始
我们骑着的自行车，仿佛已走遍整个大地

11.束 河

雨水很快从这里下过去，除了干净
这里就不再有什么别的，但有个屋顶
永远从瓦缝淌下水来，一个孩子
在布满阳光的水后感到惊讶，他的眼睛

像是什么也没有接触过。我长时间
看着他的眼睛，整个小镇，围在我身边
除了透明的水，它也同样没接触过别的
在我们到来之前，也在我们离开之后

2010年11月7日夜至10日凌晨

越南诗札（组诗）

1.还剑湖接受了所有的雨

还剑湖接受了所有的雨
对岸有点看不清了
我在湖边站了很久
不出声地凝视它的尽头

它的尽头就是黝黑的对岸
湖面有座红色木桥
它的脊背弯曲，将自己
很孤独地结束在小岛之中

雨下了整整十二个小时
湖水并没有因此增高
雨看起来有种疯狂的渴望
却在落下后转眼消失

没有消失的是我的凝视
我决不说出我究竟想看见什么

我只是在岸边站着，让自己
在铺天盖地的无穷中彻底沦陷

2017年7月18日凌晨于河内

2.秋盆河在黑夜不再流淌

秋盆河在黑夜不再流淌
它躺入自己的河床
像一个孤独睡去的女人
不再发出任何声响

岸边的船整齐地靠在一起
水草仿佛在瞬间长高
此岸和对岸的灯光闪烁
它们同时在秋盆河里碰撞

河的两头也同时进入天空
水将喧哗声沉入水底
黑夜铺在河的上面
仿佛想在河面认出自己

我也想认出一些什么
河边有无数的人、房屋
和挂在屋外的灯笼，它们
是另一条河，转眼就被遗忘

2017年7月20日夜于会安

3.中午的湄公河

中午，湄公河边很少有人
河上看不到船只，巨大的船坞
暴露在微微发烫的阳光下
对岸的广告牌横行在天空

其实所有的河流都是一样
河流浸染的泥土也都是一样
我暗暗回想这里发生过的故事
它们都已消失，或者沉入了河底

河水的声音，只在与堤岸
碰撞时才发出来。我听过的

一万条河流声和它没什么两样
但它依然使我有点恍惚和陌生

几个碎石工在河边撬动石板
我凝视他们手中的铁锤和铁钎
每一下都敲出了全部的力量
每一锤声音都越过了整条河流

2017年7月22日于湄公河边

4.西贡的露天酒吧

晚上，我们坐在
西贡的露天酒吧
很小的面积，很小的桌椅
前面是一个很小的舞台

几种颜色的灯
十分微弱地照耀着
坐在舞台前的观众
都跟随歌手的声音晃动

我也忍不住晃动

那些听不懂的歌词

仍然激动着吉他和鼓声

那些歌声，好像不是第一次听到

我血液里很早就埋藏它们

它们一直在等候被唤醒的时刻

仿佛有条手臂忽然从歌声里伸出

它如此自然，搂住我的脖子

2017年7月24日凌晨于西贡

5.涂鸦墙

我没认出

那些奇形怪状的图案

它们占领整面墙

墙变得像是可以走动

不知谁曾蹲在这里

画下内心涌动的事物

它们的确是一些事物
模糊、暧昧，而又清晰

我时常觉得
事物很难扎稳根基
它们看起来不动
仅仅是看起来

哪怕宇宙也是如此
没有人目睹它的移动
但它移动着，为了暴露
自己模糊、暧昧，而又清晰的生命

2017年7月24日于西贡机场

6. 告　别

和一个城市告别
也是和一个国家告别
其实告别，不需要
多说一些什么。有一些
我会记得，更多的

我会遗忘。很少人知道
我到过这里，也很少人
知道我惊奇过这里
我总在这里的人群深处行走
仿佛一个隐瞒。我也的确
梦想我就是一个隐瞒
隐瞒这里的天空
隐瞒这里的大街小巷
隐瞒斗笠和草帽
隐瞒墨镜，隐瞒拖鞋
隐瞒屋顶上飘扬的旗帜
隐瞒几条河流几座峰峦
隐瞒我遇见的几张脸
他们属于地球的每一块大陆
属于各自的肤色和历史
在这里，我很少看见自己
或许我不愿意看见自己
在这里，我仿佛真的
完成了我最隐秘的渴望——
将自己能隐瞒多久就隐瞒多久
一如能爱它多久就爱它多久

2017年7月25日 于河内

光明诗札（组诗）

1.兴发路

不知何时，这条路成为我每天的必经之路

从我暂居的中学宿舍出来

路过每天红绿灯控制的十字路口

路过连成一片的五金店

路过家具城、第1538家上岛咖啡分店

路过一个汽车广场

路过几辆运送铝材的货车

然后路过几处晴天也会积水的洼地

路过一扇卷闸门里

突然传出的犬吠

然后再路过一个私人牙科诊所

转弯就进入这条街

左右两边的房子

集中起将要拆除的氛围

铁制的售货亭里，一对夫妻

已经在里面生活了八年

我们偶尔用相同的口音交谈

（这点让我惊异）。在售货亭前面
是一堵临时砌到街尾的围墙
曾在墙后的生活已变成一片废墟
围墙对面，来自沙县和重庆的米粉
升腾起各自的固执气味
隆隆作响的挖土机挖开十米长的地面
堆起一处处坟墓样的泥土
屋顶都矮在自己的高度
我不认识的植物在上面攀爬
我每次都走得很慢，因为两边
都是背脊扭曲的树，落叶总是
成为人行道砖石上的地毯
穿橘色背心的环卫工
将落叶扫到树根下腐烂
使其变成好像永远不干的泥巴
日复一日，我很少走完整条街
这里看不见天空
两边的树冠在半空中抱在一起
我很少去听那些树叶的声音
直到昨天，我独自下班时天色已晚
我在一棵一棵树下走过
抱成一团的树叶围拢了整条街道
它们的声音，涌动得异常猛烈

仿佛在不断告诉我

——你永不可再回到家乡

2016年9月10日凌晨

2.红花山公园

九月。下午的阳光还非常毒辣

此刻的公园里很少有人

几百个台阶，一级级垒到

一座塔的底部，最高的地方

今天我决定放弃。右边有条小路

铺满了一块块长条形石头

我沿着石头散步，低矮的灌木

不知何时被何人修整

那么多阳光，在我体外肆虐

那么多诗歌，埋伏在不计其数的

未知时刻。谁知道这成百株棕榈

是何时开始栽种。它们一棵棵

升起到遮住天空的位置

仿佛在那里，它们制造了平静

我的脚步慢下来，沿着缓慢的弧度

沿着踮脚移过来的树影

每隔三十米一座的凉亭里

坐着仿佛睡去的情侣

当我从他们身边走过，棕榈林

忽然消失了，但还是有起伏的植物

不断向这里靠拢，终于

一条弯折过来的栏杆，结束这条石路

旁边的台阶，提醒我走到高一点的地方

我想了想，还是绕过栏杆

前面是没有人的树林和山坡

死去的落叶，一层层堆积了无数个年头

我不由惊异这些落叶

每走一步，就听见沙沙的声响

光线如蛛丝，从树叶间垂落

在每一层落叶上，制造出更大的平静

于是，提着偶然几声鸟鸣

我慢慢走到深处，在落叶上坐着

山坡呈现的弧度无与伦比

这里的四面八方，没有人到来

没有人离去，仿佛这里

终于让我得到我想得到的一切

2016年9月24日

3.雨中小酌

今晚和国华兄喝酒

还有冰传。雨在外面下着

我们背对着雨，其实我很想

这些雨就下在酒里

下在我们说个不停的话里

因为它在唐朝下过

在宋朝下过，在明朝

和清朝下过，在我们

今晚读到的翻译诗里下过

但我们还是背对着它

它可以浸透我们的鞋子

浸透我们的头发和背包

再浸透一首诗歌。真的

每首诗歌，或缓或急

其实都在等待一场雨

每场雨都会停，就像每首诗

都会结束，奇怪的是

人生里总有不会结束的东西

它可以在没有开始的时候

走向开始，也可以

在没有结束的时候拒绝结束

此刻，雨一直下在我们外面
下在我们的交谈里
也下在我们的酒杯里——难道
我们酒杯里真下起了雨吗
我想到我们前半生的经历
有一些类似，有一些完全不同
但是异乡存在，它把故乡
非常残忍地推到远处
在此刻的雨里，没有什么故乡
生活总会选择某个地方
化身为一个帮助，它驱赶我们
来到这个夜晚，它显得漫长
但不会再显得凄凉。我喝下的
一杯一杯酒，只是告诉我
在雨里浮动的所有过往
会变成一个一个未来
或许未来，将有更大的雨
等到那时，我们会索性
直接走到雨里，那些车灯
树影、颓墙，那些因为雨
溅到身上的咒骂，都会变成
我们无可比拟的期待
然后我们再回来，再一次

背对那些雨，什么都不说

什么也不做，像背对我们的人生

碰一碰杯，一切都在雨里

一切又在雨外，只有一首

终于笑起来的诗，雨水样流淌

2016年10月20日凌晨

4.人间烟火

几乎每天，我离开办公室时

天色已经变黑，整幢大楼

只剩下我一个人最后起身

我摸黑走过走廊，又摸黑

走下楼梯，我的心情

有时会突然变得暗淡

外面的兴发路也不那么明亮

路灯的光像是要睡去

树影在地面摇晃，这使我

走得很慢，但我什么也没思索

几十米后，暗黄的灯光

轻手轻脚，从路边店里走出

我几乎都选择同一个店铺
来自柳州的一对夫妻
非常熟练地取粉拿碗，每晚
都很少人坐在他们店内
店外的四张桌子，总是
蒸腾起一碗碗热气。几乎每晚
我都习惯在这里落座
风不大，连落叶也不能吹起
那对夫妻的孩子，总在
桌子间跑来跑去，但还无法
跑进咫尺外的人生。靠街的树下
是那对夫妻的椅子，一个在
炉火前，另一个就在休息
或许除了我，他们每天
接待的都是不同的顾客。我不认识
那些人中的任何一个，有时
过来学生，有时过来打工者
我遇到过一对情侣在这里争吵
他们没吃完米粉就先后离开
在米粉店旁边，有一家超市
有一个幼儿园，前者将水果
一直摆到外面，后者已经
锁紧它的铁门。另外还有三个

米粉店同样将灯泡的电线

一直拉到外面，我在碗里搅动

一双一次性筷子，周围的声音

微微起伏，像压抑住的海水

告诉我每个人命里的漂泊

但我知道，这其实是我们

必须生活下去的人间。这对夫妻

肯定不知道下过多少碗米粉

很多人不会再来，不记得自己

曾在这里落座，我感觉一切

都如此真实，一切都在烟火里笼罩

我有时会突然惊讶，我和他们

都在生活里活着，或许都还

会在某个交叉的时刻发现自己

当我从这里起身，天色

已经更晚，兴发路外的大街

明亮了很多，我继续走过

街上一个一个店铺，走过

那里面一个一个交谈的人

一个一个抽烟的人，我还是

走得很慢，心情却莫名地好了起来

2016年10月25日凌晨

湘行诗记（组诗）

1.里耶巷子里的瓦

在地上，那些瓦围成一个瓦堆
木材横放在它们旁边
不知什么人把它们堆在这里
不远处的房屋非常空荡
我偶然路过，又退回去
仔细地打量。它们
曾经铺在我童年的屋顶
铺在麻雀衔来的一个个早晨
现在我的屋顶没有瓦了
我也不知何时忘记了童年
此刻我路过这里，或许
我也将很快忘记这些瓦
忘记这些石头，忘记这些
将要搭成屋子的木料
一场雨在这里下，一片片瓦
在雨水里转眼变黑
仿佛一个个日子，转眼
变成街上的路，渡口的桥

它们带来远到无穷的变化
带来低语和沉默，带来
一个人内心看不见的翻涌
在这堆瓦前，我独自站了很久
没去看这场秋天的雨
是怎样无声无息地下下来

　　　　　　　2015年10月30日于里耶

2.里耶，或秦朝之地

到最后，一切都将埋到地下
地下是一个漆黑的世界
不管多么漫长，一旦
进入那个无法再黑之处
没有人知道，那些还是不是生命
也不知道，那些还会不会
记得呼吸。一千年，或者两千年
再也不会有变化，仿佛
它们在渴望更深的沉埋
渴望永远不再去看太阳
太阳和所有的死去没有关系

太阳只负责照耀，地下需要的
是无穷无尽的黑，泥土本身
就是黑色，或许泥土
本身就是死亡。在泥土之上
生长着活着的一切，在泥土之下
埋着曾经活过的一切
马匹、羊群、生活需要的器皿
男人、女人，他们活着时的
爱与恨，他们以为
那是最强烈的事物，但是泥土
无动于衷，泥土收藏的只是自身
永远不会复活。因为生命
不可能复活，不会死的
只是泥土，粗硬地覆盖自身
又柔软地抱紧自身，一场雨
下过了，又一场雨下下来
一堵老城墙，一条继续
流淌的护城河，弥漫出
某个死去又活过来的世界
它们在走过来的脚下
柔软又轻微地起伏

2015年10月30日夜于里耶

3.里耶的早晨

很久没有一个这样的早晨
雾在我起来时就已散了
从窗口望出去，是一片
没有人的菜畦，无数块石头
拥挤在菜地一边，从它们
倾斜而上的坡上，竖立起
爬满树叶的围墙。天空
非常小心地从墙上跃过
一只公鸡站在墙的缺口
抬起脖子啼叫。回应它的鸟群
始终在树叶里躲藏；一个
旧时代的标语，从树叶里
露出它的底色，似乎
雨水没想过要冲走它的深红
很久都没人在菜畦里走过了
似乎种下它们的人，仅仅
只完成他们的播种，菜畦里的
蔬菜，像是另外几种植物
非常自然地长出。天色
始终没有亮透，很远的山
已经像在宣纸上出现
围墙后面的小学，举起一个

布满铁锈的无网篮球框
时不时被抛入框内的篮球
时不时将球板撞击得哗啦一响
不知什么人在操坪里打球
围墙挡住他的身体，只有
一阵阵拍球声从墙后传来
又在空旷里传出更远
它让我想象和断定一个少年
在水泥操坪上运球、转身
然后对准球框，跃身出手
时不时我就看见一根抛物线
在围墙上忽然出现，然后又
飞快地落下和消失，整个学校
好像再也没有他人，就像
这个早晨再也没有他人
我在窗帘拉开的窗内站着
好像第一次入迷某种声音
从早上六点到八点，一直
藏在树叶里的鸟，忽然从里面
飞出，它们张开翅膀
使这首诗，明亮地响成一片

2015年10月31日晨于里耶

4.午夜的酉水河堤

所有的风声从耳边退去

月亮退去，星星退去

酉水河的波涛退去

留在这里的，是堤坝

是台阶，是一块块

石头铺成的山城之路

看不见这条路通向哪里

滚动的大雾铺在路上

铺在石头和树上，铺在

河水中的一条船上

全部的灯都熄灭了

从天而降的夜是一床毛毯

柔软地盖在我们身上

盖在三尺外就无法看清的

石头路上。临江的房子

都在这时候睡去，迎面

而来的，是夜里的深蓝

它裹住河流、旷野

裹住头顶的宇宙——没有

任何声音从宇宙里传来

只有我们的呼吸，惊动着

脚下每一块石头，惊动着
船头睡去的鱼鹰，它睁开眼睛
看见四个不眠的人，在这里
散步，说话，又渐渐地消失

2015年11月1日

5.茶峒码头

从码头到对岸
是很窄的江流
渡船上没有纤夫
一根小指粗的铁索
从船内穿过
码头上，石梯不多
铁索的两端，紧紧
拉直水面。船的主人
用木头扣住铁索
上面的凹口像牙齿
慢慢地收紧和吞吐
几百年的铁索
光滑、乌黑，看不见

铁内的锈迹。船动了
河水才接着动，仿佛
在河水的低沉里
一条船触动起自己
但从船的两边望去
河水不知来自哪里
也不知要去到哪里
它两边的远处都是天空
好像天空非常低矮
一直矮到河的深处
那是我们到不了的地方
天空在那里，没有
表情，没有形体，甚至
没有等待，它只站在
远方和一条河的身上
收紧我们渡不过去的无穷

2015年11月1日

6.山　夜

总有一个夜晚
需要留到山上
一幢临崖的木阁楼
谁也不知是怎样建起
院子里的狗
惊讶地看看我们
又把吠叫忍在喉咙
我们从瓦片盖住的
屋顶下穿过，阁楼的阳台
仿佛悬空。全部的夜
拥挤在外面，从阁楼
延伸出去的亭榭
被灯光充满，它照亮
廊柱的一侧，另外一侧
躲藏进黑暗，远山在远处
起伏，像一条巨大的
舌头舔住星星的脸庞
主人端来的酒在瓷碗里
微微动荡，总觉得
它很容易在夜里挥发
只是现在，可以什么都

不用思想，思想总是
压迫着人，然后改变人
有时还很像一把刀子
慢慢地剜着人，但远处的
群山不要思想，灯光
不要思想，这面无穷
拉开的夜幕不要思想
它们组成一个生命里的
时刻，这时刻也同样
不需要思想。在阁楼上
站着的人都看不到多远
无穷的夜，无穷的山
无穷的时空，都在
面对这些阁楼上的人
像面对它们亿万年来
梦想有的心跳和呼吸

2015年11月8日夜

7.接官渡

几条船就在对岸
船是空的，岸上也没人
一堆细碎的石头
起伏出码头的古老样子
江水细长，在这里绕成
缓慢的弧形。天空里
一场几百年前的雨
一直下到今天，但是岸上
没有过来的人，也没有
离去的人，从对岸背面
看过去，是一座接一座
墓冢——浪迹天涯的人
埋在这里，衣锦还乡的人
不再离开这里，更远的古宅
很多年前就已锁紧，柚子
从树上落下，橙橘从树上
落下，粗糙的台阶上没人
宅内的庭院没人，方圆
几十公里，只流过这条
没人再渡的河。当我们
撑起一把把雨伞和沉默

就突然到了过去，也突然
失去了今天，似乎没有人
知道什么叫作此刻。雨
下了又停，停了又下
好像只有雨，知道这里的
一切，它敲打每一块石头
敲打每一个屋顶，敲打
我们撑起的每一个伞面
那些船，其实应该消失
如同曾在这里的锣鼓消失
烧穿午夜的蜡烛消失
赶考的书箧消失，父辈指定的
婚配消失，爱与恨消失
八人抬起的轿子消失
等一切都消失，一切就会
还原成最初的样子，一如
这些石头的样子，江流的样子
在山坡上摇动的植物的样子
还有对岸这些船的样子
它们系在一起，微微摆动
那是它们千古不变的样子

2015年11月10日

8.不二门

其实这里没有门
只有石头，在路的两边
耸立。仿佛它们
直接从地下长出，携带
潮湿的青苔，携带
身体的每条裂缝，仿佛
每条裂缝都是呼吸的
嘴唇。它们站在这里
好像在等谁，又好像
没去等任何人。它们
只是打开自己，有没有人
过来，并不重要
有没有人停留，更不重要
我们到来时天正转暗
石头搭成的门顶已显晦暗
风从门洞间穿过，右边
是空旷地上的草，时不时
呼啦一响，左边是更高的山
也是更大的石头，从它
身体里站出一尊佛像
它永远微笑，也永远

只看一个地方，围绕它的
是无数留言与签名，是无数
我们熟悉的词句。写字的人
不一定知道，他的字刻在这里
像这些石头，不一定知道
自己长在这里，我们也没想过
会忽然来到这里。但每一条路
总是有人在走，每一天的落日
总是有人在看。只是今天
落日被石头挡住，我们从这里
穿过，又慢慢回转，好像只有
石头，告诉我们什么是开始
什么又是结束，风吹的口哨
比刚才响亮了一点，石头
比刚才暗淡了一点，我们
比刚才沉默了一点。其实我们
什么都没经历，只在这些
石头间走过，像在某个永恒里
走过，当我回头再看，那些石头
正在暮色里消失，仿佛一个生命
暴露出诞生时模糊的底色

2015年11月12日夜

9.天门山洞

可惜看不到那个洞口
从山的腹部出来
雨下得很大，云把天空
擦得漆黑。我们只能看见
脚下看不远的路，水洼
布满开阔的广场，仿佛
一面湖水在这里出现
下午四点，天空已经变黑
山峰已经变黑。有人说
山洞就在那里，但我们
的确看不见，就像此刻的世界
不让我们看见，难道我们真的
看见过这个世界？那么
告诉我它是完整还是残缺
仅仅一场雨，就淹没掉
它所有的真相。或许世界
从不把真相交给我们。人总是
在局限里活着，一代一代
在活着时寻找真实
又在某个突然里变得茫然
——看不见的事物太多

听不见的也同样太多
它们始终站在那里
它们不掩饰自己，也不
扮演某个角色。很多时候
我们不记得的世界，永远
比我们真实，它们来自
一个永远，又将去到
一个永远，能改变它们的
永远不是自己，就像此刻
我们看见的只是黑色
只是雨和云的翻滚
世界如此简单，我们如此
就被蒙蔽。这场雨
好像永远不会停了
我们看着远处和高处
像看一个尽头，但是尽头
从来不是我们所能看见的
在那里，没有谁的人生
可以占据，在那里
只有壁立的山峰，只有大地
汪洋，原初的万物

2015年11月16日夜

10.在里耶想起永波

在里耶，我总是想起你
三年，还是四年
已经很难在此刻想起
我有时会看那时的照片
你站在我身边，伸手
抱住我的肩膀，我微微
有点抗拒——你非常高
我有点害怕，我会成为
晚你一辈的人，只是那天很冷
我穿得少了，于是你抱住我
我们都看着前面，两千年前的
旷野，圆周样铺在我们身边
很多个世纪过去，护城河
还没有干，泥土非常湿润
城墙的垛口，还是坚硬的泥巴
在我们脚下，一块块木板
还是当年戍卒的位置
不同的是，没有人发现这里
那么多马匹埋在地下，那么多
竹简忍耐住呼吸，它们
重叠、搂抱，抱成它们

全部的生活，一年年的风
一年年的雨，一年年秋天
一年年覆盖，几乎没有人
再来这里，几乎没有人
想去掰开那些石头，看看
石头里流出的水。我们
到达的那天正在下雨
就在雨中走吧。你建议我
戴上连衣帽，好像我们
打算走上很久。从下午
一直到深夜，雨一直没停
我们一直在走，两边的
房子没灯，该不会住着鬼吧？
今天我给同伴们描述当初的场景
两边的房子仍然漆黑，不同的
是这次没有下雨，更不同的
是上次的路面已经改变
风还是很大，我离开同伴
独自走到城墙的脚下，旷野
和护城河还是原来的样子
我靠着墙，慢慢抽完一支烟
吹来的风，好像比上一次
更冷，我的视野

却没有比上一次更深地打开，好像我

爱上的仍然是孤独，仍然是

沉默，仍然是没有人的秋天

我逐渐明白的，是很多东西

我们无法改变，很多事物

需要投入我们的一生

一个人，总会有个结果

一座城，总会有场挖掘

一首诗，总会写到最后一行

它就留下你的名字——永波啊

2015年11月1日夜

街：虚构的十四行（组诗）

如果我能制造出那些我所曾经历的恐惧，能用它们组成一些东西，一些真正宁静的、能够创造欢欣和自由、带来安宁的东西，那么我就不会有任何事了。

——里尔克

1

我总在那条虚构的街道出没，在那里
寒冷冻住灯光，没有人从那里过去
我把衣领竖起，遮住下半边脸
像浮云，遮住石头；像石头，遮住你

灯光不会更亮了，你有没有从这条街上
走过？我结冰的眼睛总看见一个影子
一只鸟从街道上空飞过，它的翅膀
总在空气中碰响什么。它碰响的

我总不能及时发现，我总也看不到
它最后飞到了哪里。或许根本没有鸟
飞过，我只是在这里，多站了一会

在街道转弯的地方，我划亮一根
火柴，它照亮的，只是黑色的雪
雪扫出它身体里的道路，这路没有人在走

2

灯光不会更亮了，空气越来越薄
街道的外面总是有声音传来，那是
什么人的脚步？听上去不是一个人
难道除了我，还有人想从这里经过？

或许，想过来的是一个信使，他带着
一封没写地址的信。总觉得，我就是
那个收信的人。但没有信使，过来的
只是杂乱的喊声，我仔细地听、辨认

是不是有人在喊我的名字——没有人
在喊我的名字。我是不是该取消
我的名字？那样就没人记起我的样子

我现在又是什么样子？街道上的雪
已完全黑了，一扇门开了又关，关了
又开，始终没有一个人从门后出来

3

我没看见这里有一扇门，有门的地方
就是道路断绝的地方。我现在停在
路灯下面，像一些树叶，停在雪上；雪停在
街道上；街道，停在我结冰的眼睛里

哦，怎样的停顿！我永远也不能
加快自己。我加快了，就会迅速地
失去自己。街道变得越来越长
我是否等不到你？你在一个飞翔的影子里

出现，那个影子在我的半空出现
是否那影子，不过是街外飞来的雪球？
它命中了我，我惊讶它如此快的速度

是否速度是所有人迷恋的事物？
我靠在电线杆上，呵着没戴手套的双手
天气很冷，我很想路灯变得更亮一点

4

天渐渐地黑了，星星白了起来
星星那么高，好像天空是浮起它的水
好像一切都离我很远，甚至自己
也和我离得越来越远，一直远到

我怎么也看不清自己。我在衣袋里
使劲搜寻，但镜子是找不到的
我找到的只是橡皮，它擦去我留下的
痕迹时，把自己也擦小了。看来这世界

永远找不到它的完整，看来所有的
寻找，都只是变得徒劳；所有的
追踪，都只是使万物，变得更加沉默

我沉默已经很久了，那些经我说过的
事物，都没有因此改变；看来我自己
也没有从说出的事物中，变出另一个我来

5

那么，我是否就等不到你！是否我该承认
我等待的只是一场虚幻？是否我应该

沿着楼梯往下走？但我的楼梯，不在这条
街上，是否这条街，在它自己的幽深里

变成一只倾听的耳朵？是否我说出倾听
倾听就变成一口钟的回响？但那钟声
是否并不回应我的期待？它只是回响
它只是把远处的一个屋顶掀开

是否我听到的，只是屋顶上
雪的尖叫？那些落下的雪，是否只是
很多野兽的爪子？它要抓住我的心

是否我的心，从来就没有好好地藏住？
——噢，我真就没把我的心好好藏住，它在
我的外套里面，被语言那只野兽摔了出来

6

不断挑衅我的就是语言，它把我看成
用来讥讽的对手。曼德尔施塔姆说：
"黄金在天空舞蹈，它命令我歌唱。"
我没看见黄金，我的语言只是一场大雪

大雪里什么也没有，它只是慢慢变硬
我不知道那是个什么过程，雪花
难道就是石头？它一块一块堆起，不管
堆得多高，它变不成天堂，甚至到不了

天堂最低的那个阶梯。问题是究竟
有没有天堂？这里是尘世，这是尘世里
一条虚构的街，那么尘世，是不是天堂的

一个虚构？我是不是也是一个虚构？只是我
不知道虚构我的人是谁，难道我只是
谁做的一个梦？天气太冷了，没有人半夜醒来

7

街上安静极了！不知何时我又开始了散步
从一个街角，走到另一个街角，好像
所有的街角都是同一个街角，总是
寒冷把灯光冻住，总是空气被什么

突然擦响。我的身边，闻不到任何气味
就像写作，闻不到字的气味，只有月亮
看了看我，月亮用它的手，把我的影子
拉长，我的影子快被它拉断了，一棵树

把它的影子和我挂在一起，我忽然感到
皮肤有钩烂的感觉。一种陌生，忽然来到
我的血里，那棵树纹丝不动，它就像

月亮亲手把它按在这里。我从没感觉过
它在这里是为了等我，就像写作，等着某个字
但某一个字，根本不知道写作在等它

8

我真的应该回去写作了。我究竟
又能写出什么？我写出什么，什么就
出现了变化，或许变化的不是写作
而是我走过的脚印，它一出现，就有雪

把它掩埋，是否我什么也不能留下？
是否岁月，永远只弹奏一段空心的和弦？
只把我变成它的一个经过句，不会垮的
永远是墙，它组成一条街道，组成

街道和街道交织的迷宫，哪一条
是我可以回去的路？我真的已经忘记
我为什么会在这里，我真的已经忘记

我为什么连手套也没有戴，我的双手
已经冻得破裂。我的手拿不稳一支笔了
我裹紧了外套，再把手笼到袖子里走

9

真是孤独！这漫长的街永无休止
真是享受！这凛冽的夜无人造访
在被雪覆盖的垃圾堆上，有一只
老鼠，东张西望，寻觅着它的食物

我路过去了，又停下；我停下来了
又蹲下，那只老鼠，没有看见我，尽管
它的眼珠转动，在稀薄的绒毛后面
它的爪子柔软，在雪地上留下看不见的

痕迹。哦！什么是我们可以看见的？
什么是我们看见之后，又可以确认的？
永远只是陌生，会突然到我血里；永远

只是活着的事物，会使我突然忘记沉默
我想开口时忘记了语言，只有风
在街道上吹过；只有雪，扫出身体里的道路

10

那么让我继续走下去，在一条街的
封闭里。无数个夜晚，还会到来；无数场
大雪，还会填满喉咙。我的藏身之处
渐渐变得透明，我忽然感到，我在这里

是什么人把我突然拖了出来。他不让我
把我据为己有——难道我到了
把自己交出去的时候？街外的喊声杂乱
有人在说："我在这里、在这里。"那个人

是不是你？你是不是我的命运？我想回答
可我的喉咙，填满大雪。天又要亮了
灯光突然熄灭，一个陌生人，迎面向我走来

我紧盯着他。他从什么地方过来？他和我
似乎有一直持续下去的距离，不知有什么
滚烫的东西从我脸上滑过，我抹干了它

11

天真的亮了，这条街，忽然在渐渐消失
我忽然不知道我在哪里，周围的一切

都在消失。仿佛我身在一个旷野，我什么
也看不见，或许，是一切都不让我看见

一切都返回到自身的秩序，我看着
越来越开阔的身边，那些物的和声
还会不会响起？那不为人知的角落，
还会不会被人类的孤独体验？那时我

不在其中，也不在其上，在我之外的
现实，在要求我继续离开，但没说出要我
到达的是一个什么地方。天真的亮了

我身边的一切越来越开阔，我忽然渐渐地
看清楚自己，就像雪，看清楚雪；就像树
看清楚树。"我回来了。"我听见我对自己说

2009年1月28日凌晨至31日

第三辑

跳房子

你的形体、你的界限（长诗）

1

我企图写下你
写下你浓厚的鼻音
写下你白蜡涂过的腰肢
它收容一条细小的裂缝
在那里，有形的浪花闯入了寂静
我的生命在渴望获得白天

2

你就在那里，使我的赞美不能避开
它要落座于一块石头的顶部
我熬过的每一个夜晚
都在补充你的创造和血脉
像补充一首看得见的诗歌
你就在那里，黎明的光线
和众鸟撞击，天空的皮肤微微掀动
星辰空出的位置
留下了火焰，像留下一株明亮的植物
抱紧了岩石，又随意松开臂膀……

你诞生的边缘，开始成型一个世界
一个寂静的国度。我的思想
要求我专注你的形象，改变存在的方式
我盲目的前额逐渐清晰
一条穿过狭谷的道路，寻找每天的火
睁开眼皮的时间，寻找一个生动的日期
尘土和我的影子，把镜子摔碎

3

我在我呼吸的瞬间把自己辨认
像你辨认自己的发丝、赤裸的胴体
我让早晨成为我的同谋
恢复古老的渴望
它在夜晚的唇间流水样闪烁
占据失眠的钟点，它雕刻我的罪孽
我的无穷的梦，永恒被磨损的形式……

我体内的水重新荡漾
不再有可怕的幽深，万物的力量
在我躯体中央聚起

一只柔软的手，敲打我的脉搏
一种音乐，唤醒永逝的时辰
我根部美好的欲望
回转到自身，和大地重新接触
我皮肤下的血，流动得缓慢
它撞动石头，像撞动喉咙里的呼喊
在耀眼的天空下面，加工着深蓝

触摸我肉体的日子
又一次悄悄汇合。一个瞬间
打开它熟悉的宽阔，时间的完美文身
它碰到的物体，每个人的目光
在那里欲言而又无声

4

泥土里长出的植物，植物和坐标
在螺旋形的光里转动
你无意识的瞬间，让迷人的泡沫
铺在我的脚旁。无数个可能都被吸取
无数个分秒埋在地下
肥沃着物质。一张脸从中冒出
闪现出惊奇，另一张脸冒出

面对声音颤抖的波浪

他们：两个面对面的躯体

彼此相连，在火苗的腰间构建着居所

——你用声音触摸着我的脸庞

触摸我中午时展开的骨骼

随时就要淹没我的预言

滑下日子的陡坡，年复一年

日子连接着日子，不停地循环

世界仍强烈地坚持尘土

它巨大而透明的胸廓，蓄意成熟着

一片流淌的虚无，它的放纵

登上每小时的阶梯，唾液般暴烈

5

我的歌唱放低了，音符化作种子

泥土的棺椁在草尖上架起

一个瞬间我就把你失去

一个瞬间我就忘记日子的脸庞

我开始寻找自己，从犯罪的地方逃开

一双眼慢慢合闭，白昼在那里消失

恍若等待我的人离开他的位置
再也找不到踪影。光线沿条直路
揉碎在废墟里长出的颂歌
恍若无数模糊的字迹
耗损着时光，一块一块石头
打开它无人读懂的裂缝
像打开它并不存在的呼吸
一个人醒来了，又沉沉地睡去
无数个空间，石头样沉默
突然跃起的水，使人眩目不已
它穿过自身的限度，涂去了你的姓名

每个人的节奏，每个动物的奔跑
沉入双腿间的秘密，搏动着干渴
一度跌碎的目光，抓住自己的伤口
脓水带着犹豫在指缝间滴落
眼睛里的世界一步步走远
头也不回，它只留下一个轮廓
一个生满倒刺的手指
凭空指点希望，到达尽头的回声
不再由生活传递
一个人醒来了，又沉沉地睡去

滞留的夜，无动于衷的阴影
一只野兽的喘息，患梦游症的大陆
交叉着昏暗和雨林
我觉得疲倦了，回到哪儿都没有用
沙子堆砌的建筑很快倒塌
我请求不到理解，无人推动的天空
旋转着空寂，一个无限的圆心
在孤单里暴露着它的突出部位

我感觉到语言的力量，沿这星球的边
正走向它的合拢，人类的快乐和谎言
在同一个地点升起，黑暗里的水
涌流到我的肋旁，呻吟变得如此急促
如同体内的迷失也一同奔涌
我是否垮掉了——为从前说过的话
诗中的一个标点，永远不可能
取缔的一张欠单，时间里的误会……

6

我记起你告诉我的火的语言
我今天已把它遗忘，再也不能想起
连在一起的词语，我不知道

是否仍在身后把我注视
每个词语都是一阵掠过的微风
在随便一张纸上，限制着它的身体

我的灵魂和我分开
我不再把它驾驭
它在高处打开；在你看不见的身旁落座
时间的一道边缘，收容着一切形体
我没有人可以询问，我的灵魂和我分开
倍加孤单的流水，在峭壁下涌过
它清亮的喊声，没有传得更远

7

是的，我不应该忘记你的名字
在命运不肯宽恕我的夜晚
你只离开我一个瞬间
一个世纪也是一个瞬间
我和时间争夺着你
所有巨大的力量，从深渊里升起
往我的胸膛和脸庞深入

我不应该忘记你的名字
你触动着我，绝非无缘无故
你的口唇咬紧的秘密
在岩石上撞碎，无数只眼睛也不能把它看穿
你诞生时的尘土，一滴不干的露珠
将你固定成更深刻的形象
我感觉无限就要伸开它的臂膀……

时间的迷宫，丧失和反复
现在我不记得曾为荣耀进行过的争斗
我不记得整夜的雨，就下在它自己体内
一个即将消散的瞬间，仍不愿把过去丢舍
从峰顶一路滑下的早晨，再次带来秩序
我醒来了，一道流水在阴影中淌过

我醒来了，你的呼吸
演奏成一排宁静的旋律
我感觉世界的重量就躺在这里
我的脉管里流动着它的寂静，它把我展开
铺在你的岩石上面，我脚下的影子
由深变浅，直到和沉思一样透明

没有面孔的声音，又一次把我充满
我的血液之河，一秒钟内的猜测和分配

在我体内生长，延伸一片波浪
那个似看非看的目光，返回到自身
浸透时间的形体，以一秒钟内的节奏
进入你始终存在的闪耀与逃离
我内心想要的延续，就在你身上消失

2000年1月

跳房子（长诗）

1

小学。下课铃声响过。在走廊
我们用粉笔画下几根直线
我记得六颗算盘珠串起的玩具
磨擦着水泥地板
它滚动之时，像缓缓的落叶
覆盖住八岁的年龄。我希望小强
永远不要到达。我第一次了解
一个游戏的规则，那时我不知道
它有没有其他的蕴意，或者说
它对我体验到的失败，有没有
一种足够的强烈感。我记得
我没有到达，小琼
也没有到达，和小强
一组的小勇，幸灾乐祸地鼓掌
我记得我怎样
开始区分不能更改的界线，仿佛
每一次划下的都是障碍，在结束之前
它和落叶一样，有一种

冰凉的声音，可那是
1978年的秋天，我什么都
还不能体会，阳光在远处
为教室的玻璃反射出一座花园
里面空荡荡的，无人居住

2

一件事让我还记得小勇
他那年十岁，为我画下一匹白马
皱巴巴的纸张里，挥舞军刀的人
神气地坐在马上，帽子
高得吓人，他的盔缨向后掠起
他要屠杀的敌人，隐藏在纸张背面
晚上，我把这纸上的军官
藏到枕底，激动得无法入眠
第二天放学，我从学校
飞快地跑回家里，缓缓的落叶
铺满那条窄窄的小路。我没见到小勇
在那天下午，一艘船
激起的旋涡，猝然把他冲到下游
没有哪只伸出的手把他够着

我躲进自己的房间，外面的哭声
透过坚硬的玻璃，紧紧
贴住我的耳膜，直到整个大院
淹没在刺耳的声音里。我全身
开始发抖，当妈妈
离开我的房间，顺手把灯拉灭
我在黑暗里睁开眼睛，我不知道
小勇到了什么地方，让我害怕
和看不见的东西，整夜贴在我的脸上
柜子上的闹钟没停过一秒

3

1992年秋天，我收到
上大学的小琼寄来的信件
"那个高我一届的男生，我说起过
没有？他昨天，在学校的电影院里
吻了我的额角……"我放下信
小琼有很久没见了，我记不清
她小时候的样子，可我觉得
她一直没有长大。在小学的篮球场里
她像男孩子一样，滚动着铁环

从来没玩过跳皮筋的游戏
我记得，她要我带她游泳的时候
我一点不会划水，我总会想起小勇
我不记得，那张骑马的画像
在什么时候就再也不能找着
小琼到了大学，开始我常常给她写信
后来越写越少，五个月后
我不再给她动笔。当她第一个寒假
从大学回来，我和她在老街一条小路散步
我记得落叶，缓缓地
从半空落到我们肩头，又迟缓地
掉到地上。我们不知为什么
同时陷入沉默，我用力
想寻找一个话题，但什么也没有找到
她忽然停下来，用脚尖
踢动一粒石子，我悚然
一惊：（她记不记得
小时候的跳房子游戏？）"北方
非常干燥，可阳光
很好。"我开始抽烟，我那时还没去过北方
小琼回去了，我在落叶上愈变愈小
她为什么要告诉我高一届的男生？
我想象北方，在1992年秋天
落叶，盖满一个大学的草坪

4

我开始写作，父亲说：
"你要写出你的生活。"
我没有回答。1987年，我还没有
真正地跨入生活。"你能不能写下
你现在看见的一切？"小强问我
我回答"能"。可我自己
感到心里一阵发虚，我知道我还不能
写下看见的一切，我不知道
我为什么要撒谎，就像我不知道
撒谎给我带来过什么。我记得
那天是下午，太阳很快要消失
我抱住膝，和小强
坐在沿江的栏杆上，小强悬空的脚
在随意晃动，缓缓的落叶
从他脚下飘过，压住墙角那块
发青的石头，很多年了
没有人把那块石头移动。1996年
小强去了外省，他的电话
经常在半夜打断我的诗行
我感到有那么多生活
我从来没有进入，事实上

我对陌生充满敬畏。三年后小强回来
体态已经发福，他什么时候
变得心宽体胖？在下午三点的咖啡馆里
他戏剧性的经历，再一次
滔滔不绝，当然，他也偶尔
问及我的诗歌："还在写吗？"
我笑了笑，他也并不
期待我的回答。六点，他要赶赴
另外一个约会，签定一份
价格不菲的合同，"明天见吧。"
明天他要到达的是另外一个城市

5

我又听到小学的钟声，在我
迁入新居的第一个早上。五楼
有一个足够俯视的空间，列队的小学生
穿着校服，蓝色的字，绣在白色衣服的上面
其中有没有一个绘画出众的人
包揽每周一期的班级黑板报
他会不会兴致盎然地画得
忘记放学的钟声，在两小时前就已响过

当他走出学校，缓缓的落叶

会不会吓住他的影子？在那条窄窄的小路上

我摸黑走往家里，昨天击碎路灯的

是小强，还是小勇？或者那把弹弓

就是由我在瞄准，我一点不知道

会有什么样的碎片，横飞过我的眼球

许多东西，都这样来不及

体会它的速度，我也变得越来越

不爱说话，或许那块碎片

就一直镶嵌在我的眼球后面

它使我的观察不断变化。我记得

它碎裂时的声音异常刺耳，发出

干脆的"啪"声，这声音

对我有什么样的意义？我觉得它

什么意义也没有，我仅仅

是记住一次恐惧。我现在望着那队伍

整齐，有序。在广播的口令之下

灵活地做运动，如果下课铃

在8点45分响起，有没有几个同伴

从一年级教室出来，手里拿着半截粉笔

在走廊上画出七根直线？沿篮球场边缘的

一副铁环，它会不会永不疲倦地滚动？

1997年10月，我最后一次

收到小琼的来信，她披着婚纱
在照片里朝我微笑，我从没见过的
高一届的男生，和她站在一起
我铺开信纸，没写出一个字

6

在小巷与大街
交叉的拐角，一个年过半百的老妇人
和我擦肩而过，变得花白的头发使我
没有一眼把她认出。当她
拉远与我的距离，我忽然记起
她二十四年前的哭声，是怎样刺透我窗上
坚硬的玻璃，一个永远
留在十岁的儿子，永远都在散发
冰凉的气味。我感到她手上的水果
也有着令人悲伤的鲜红。当我回头
想再次把她寻找，缓缓的落叶
哆嗦着倒在地上，显得如此
筋疲力竭，像找不到一个
温暖的墓地。在那条小巷深处
还是那个小学，大门已经朽坏
广播，口哨，朗读的声音

都被替代，濒临绝境的纺织工厂
在里面已沉默三年，这小小的变化
我昨天路过时才突然发觉，没有人
再把红色的值勤袖章箍在左臂上面
在木格门口，检查你的校徽和仪表
我走入人群，每一张脸上
看不出有什么不同，冷静和低温
构成一片高大的喧嚣，如果消失的
能够卷土重来，我看见的或许
只是它的反复，从一个
遥远的地方归来，有变化的
是一些新字眼，新词汇
缓缓的落叶，仍在飘过我的头顶

7

现在我逐渐转变，拆掉
阅读的围墙，按部就班
过一个普通人的生活，我希望写下
一组反复不断的故事，里面的人物
脸庞重叠，我瞧着他们
从车站涌向大街，我不认识他们全体
我和他们的关系，将来自于

某种叙述？恰恰在昨天
十字路口的灯，从绿色
跨到红色，柠檬样的黄
在中间犹豫了片刻，我一下子
被压缩到人群中央，没有一个人
感到我被陌生包围，缓缓的落叶
几乎无动于衷，当他们再一次
从这片柏油路上散开，我在落叶上
愈变愈小，我忽然记不起
什么时候我有过相同的体验
我知道我应往前去看，建构起
新的破碎与完整，我开始接受
一种平缓的风格，像小时候的
某个游戏（跳房子？），我也越来越
喜欢简单，大街两旁的榆树
赤裸着干净的枝丫，我从窗口
望出去，它们生长得
已有五楼那样高，现在我看见
几个约来的朋友走过榆树的下面
他们将带来诗歌与讨论，和几个
愉快的钟点，他们要很晚才会离去

2002年7月27日凌晨

我听到一个女人的哭泣（长诗）

是白天的一个时刻，还是
夜晚？我看不清
我现在所处的位置
我是醒着，还是在
没有边际的梦里？不管
什么地方，我都小心地
迈动我的脚步——

一个一个路口，一个一个
方向，我的脚，总碰上
铁丝网一样的障碍。它是否
割破了我的皮肤？我继续走
我总感觉到一种痛，它附在我的脚上
我想停下来，可还是
继续走。这时我听到一个女人
在不远的地方哭泣

我站住了，我四处张望
这个女人是谁？她离我多远
她为什么哭泣？在我周围
是一片动物毛皮的颜色
深浅不一地弥漫，就像那女人

她哭泣的声音，一会高，一会低
我感觉她就在我身边，靠着
我右边的胳膊。她在我伸手时
又一下子躲出很远
我听见浓雾，嚓嚓作响地走来

我听到的就是浓雾的脚步
在脚步里，哭泣，一阵接一阵地
传来。它首先
绕过自己的躯体，又绕过
模糊的屋脊、近旁的栅栏
和远处的山影，好像这哭声
无人理睬，又
无处不在。我惊讶不已地倾听
这个女人的哭泣
忽然低了下去，像是再也不能听见
于是我仔细地听——哦，这哭声
又渐渐地升起，它反复地升起
反复地降落，让我也突然
想跟她一起哭泣——

她为什么事伤心？如此伤心不已
她一下子抓住我的心
像抓住一个水果

她一直把这水果，捏出水来
这水是否和她的哭泣一样？
我知道并不一样，她的更浓、更咸
像一片海水。于是我感到
在一个人命里起伏的漂泊
海水越宽，起伏得就越厉害
我几乎站不稳脚步，我什么也
不能把握，我终于，开始跟着她哭泣
——这突如其来的哭泣
越过我所有的感觉
越过我所有的经历
越过我所有的预感
我现在已没有预感，也没有
任何原因，我有的
只是这个需要哭泣的时刻
我突然感到，我和她同样地伤心不已

她就在不远的地方，可我
总是不能把她找到
我身边一个人也没有
没有人更好，她会自己出来——
她会不会真的出来？
告诉我她哭泣的缘由
我想安慰她——我是否真的

能给出她需要的安慰？
我感到皮肤的痛，好像铁丝网
在继续割裂我的皮肤
于是我知道我继续在走

我感到我哪里都不能停下
我前面是一个一个路口
和路口的一个一个方向
夜晚来临了——我知道是夜晚
来临了。因为雾变得漆黑
一下子什么声音都消失了
那个女人去了哪里？难道她
登上了一列火车？难道这里
有一个车站？它用流动的声音
讲述一个故事？我憎恨故事
我愿意体会
不需要做出解释的真实

变得安静的周围
告诉我一切都在沉睡
我不知道我为什么醒着
我依然看不清眼前的一切
只是这安静，让我的耳朵
不舒服到了极点，我应该

再哭一次，代替那个没露面的女人
忽然灯光亮了，果然
有一个车站。火车还没有启动
透过一块一块玻璃，我焦急地
辨认玻璃后的脸孔，一列
没有男人的火车，是哪个女人哭过？
她藏在哪里？我想看看她的眼睛
我想代替她再哭一次！

哦，我多想痛快地哭！
像她一样地哭
在时间的焦虑和痛苦里
在这个世界的追逐中
在命里不断闪耀的失败中
我多想让自己哭得更加厉害
一轮潮湿的太阳
催我从这个梦里醒来
于是我睁开眼睛
发生的一切都像是没有发生

2008年5月11日凌晨

冬天的信札（长诗）

1

是否要写一封信？就写给你
冬天逐渐加深，此刻的窗外
雨下得很大，没有人来敲门
房间里，只有灯光靠在我肩上

很轻的呼吸，不知道来自哪里
或许就是灯光，像压抑住的荒凉
一碰就碎。我很久没看见你了
我已经习惯，回家就将门栓反锁

因为不会有人进来，我也不想
再去外面，外面是冬天，我说过
冬天会有很多东西死去，但冬天
又总把死去的东西抱在怀里

2

我有时想象，你仍会进来
噘起嘴唇，但你再不会穿起拖鞋
就像河流，它从河床上流过
只沉淀下泥沙、石头和树叶

我总是感觉，我目睹那些泥沙
石头和树叶的影子，它们好像
非常喜欢晃动，没有片刻停止
又总是不肯发出一点声音

或许冬天本来就没有声音
尽管风在吹拂，但风总在高处
我从未到达过高处，所以我
从未见过风是什么样子

3

我想说说我的近况，我剪去了
长发，剪去了带污垢的指甲——
不要再笑我，我很久都忘记
要剪去指甲，就像我忘记

要揭去额头上的那块阴影
它非常重，我很少去感觉它
于是它积压起来，直到我
在梦里感到难以转过肩膀

我的肩膀的确疼痛，不知道
它是不是也被那些阴影压住
当我终于，想要伸手把它揭走
一整个冬天又已压在它的上面

4

我很想告诉你，我不喜欢人
人是很可怕的动物，哪怕
一只幼兽，也喜欢露出牙齿
像是要狠狠，咬碎过来的一切

我总想避开人，又总是
没办法避开，就像没办法避开
膨胀起来的虚无，我不知道
它是从一个什么样的拐角出来

我不得不想，是不是冬天
过于空旷，所以它没遇上任何阻碍
或者我是不是过于荒芜，所以它
随便就占领了我的每根骨骼

5

我疯狂地写作，好像写作
能变成一只抵挡的手，高高地
横在我头顶之上，但它的手指
没有并拢，还是有漏下来的东西

我辨认那是些什么，一件一件
我翻来覆去地检索，我仍不知道
它们究竟是些什么，我只是感觉
它们想要蒙蔽我，紧紧地捆住我

难道它们是一些绳子？难道它们
永不放弃对我的考验？我已经
接受了太多考验，就像接受了太多
冬天，但还是要接受这一个冬天

6

或许我扛负的，不能说是全部
因为你带走了一些，留下来的
还是更多，它们昼夜不停地
击打我的无知，也击打我的沉默

我总渴望，有人能告诉我
沉默的意义，我说不出我的理解
因为世界，从不解释它的自身
即使它解释，也往往只用沉默

它什么时候能开口说话？
让我在沉默里，能突然迸发一股
惊讶。在惊讶里我仍然
不想说话，我要目睹我更大的无知

7

我总是冒出一个念头，它非常强烈
也非常奇怪——我能不能
杀死我的影子？因为它
跟随我已经太久，从未离开

我希望它能死去，因为我担心
它对我已经厌倦，我更不愿意
它总来敲打我的脚跟，因为我
浑身虚弱，不想被它绊倒

我不记得它上次绊倒我
是什么时候，或许也是
一个冬天，所以我现在焦虑
疯狂，想寻找一个可靠的地点

8

我偶尔还是会去车站
仿佛你还会拖着行李出来
火车，总是发出突然的尖叫
像要震落身上的一些什么

这类似的尖叫，也会同样
发生在我心里，那时我感到
一个裂口，在冲开它的封闭
就像冬天，突然冲开落叶的广场

那时我置身一个空间
它无边无际，使我最后
看不见自己，这时我会觉得庆幸
因为这世界也从未看见过自己

9

我还总闻到一股气味——时而是
腐朽，时而是寂静，我闻够了
腐朽，也闻够了寂静，但我始终
坐在腐朽和寂静的中间

你会不会将我譬喻成一只蜘蛛？
结下那么多网，就为了把自己
捆住。或许我真正要说的
是我既没闻够腐朽，也没闻够寂静

因为一定有比腐朽更深的腐朽
也有比寂静更深的寂静，当它们
真的来临，我或许会更深地沉溺
像沉溺于我体内拔不出的那块锈迹

10

时间到了凌晨，雨好像停了
是否我该结束这封长信？
天色很快就要变亮，那时我
不需要灯光，也不需要照耀

此刻电流还在穿过灯管
咝咝的声响，还很像出现过的呼吸
那呼吸永远不会喊叫
像是滑过拂晓的星星

冬天在早上会特别开阔，我也会
静止得像块石头，在不会移动的位置
休息、安睡，如果有人过来
我想那一定是个学会原谅的人

2012年12月21日凌晨

后　记

　　一直觉得，出版诗集是最需要作者谨慎对待的。诗歌不同于小说、散文。诗歌本身对作者的要求向来苛刻。2015年，花城出版社出版了我的第一部诗集《你交给我一个远方》，没想过今天又有机会出版第二部诗集。出版需要机会，诗歌本身需要的只是诗人创作的圆熟与精进。所以，整理诗集，我感觉比整理一部小说集或随笔集要胆怯得多，紧张得多，没有底气得多，时时都有战战兢兢的感受。

　　一个诗人终生留下的好诗不会太多，像惠特曼那种有两大卷《草叶集》传世的诗人，堪称奇迹。20世纪世界诗坛公认的诗歌大师如艾略特、叶芝等人，生前出版的诗集都是薄薄一册，直到写作并累积到晚年时，才有较厚的合集诗集出版。特朗斯特罗姆毕生的诗歌创作也不过三百来页，瓦雷里的诗歌全集也大概在四百页之内。这都在告诉我们，穷其一生，我们侥幸能写出让诗歌本身满意的诗歌不会很多。诗歌会要求我们对每一首诗进行严格打磨，诗歌会要求我们认真面对每一次出版。若一本诗集中出现的差诗超过五首，恐怕读者对该诗集的阅读兴趣就再也难以唤起。真正的诗歌读者永远不是糊弄来的，也永远不是根据评论家们按自己兴趣或其他原因强加指认来的。好诗是靠诗人自己慢慢累积，读者也只可能因为你的好诗增加而逐渐增加。

　　所以，这部诗集于我而言极为冒险，因为我不愿意这本诗集中的任何一首与《你交给我一个远方》所收的作品有重复，尽管这本诗集已涵盖了我20世纪九十年代的不少作品。我希望的仍是，既然有这么一次整理作品的机会，我也盼望自己能借机认真回顾走过的诗歌之路。收进这部诗集的作品几乎每首都被修改。近三年的作品，也在不断选取中舍弃一批，留下一批，修改一批。我满意的是近年作品，毕竟有较长的写作经验支撑；我担心的也是近年作品，它们毕竟还没有经过时间的打磨。

在回顾与修改中，我最强烈的感受是每个诗人其实都是在一条隐秘的小径上行走，你所有的得与失、悲与喜，很难有与你一起分享和分担之人。不是说知己难寻，而是你情绪的细微转换和同语言的内在搏斗，都只可能独自完成。这部诗集中，正好有一首诗为《我走过一条隐秘的小径》，就用它做诗集之名，是最适合不过的了。

最后，谢谢翻开它的每一位读者。

远 人

2018年4月12日于深圳